# 花卉小品

陳永秀

# 自序

　　有人說：「完夢，是我自己的意思。」這說法我百分之百同意。尋夢也好，追夢亦可，完夢最佳。我一生中不斷有夢，來無影，去無蹤，偶爾給我逮到一個，就積極去追求，去完成，夢終成真。

　　這夢可以是完成一幅畫，寫完一篇文章，拼好一幅布貼，畫完一塊石頭，把襪子做成娃娃，把花布縫成一條一條魚。還有玻璃，選色設計切割烤，成品色彩亮麗奪目。創造，永遠是我生命的原動力，也使我常常感恩。

　　三十多年來，寫了十幾本兒童書，也陸續在《中央日報》、《世界日報》上發表過許多文章。這些剪報，躺在抽屜中，有些已陳舊泛黃。它們唉聲嘆氣，以為永不見天日，更擔憂前景不明。

　　我是個隨心所欲的人，心想事成，心不在焉時，事就擱淺了。劉渝、德瑩等曾勸說整理出書一事，我都因怕麻煩而沒行動。是張燕風拯救了它們：「你一定要把它們集結成書，我認識秀威出版社的人，可以為你搭這橋。」她的語氣十分堅定，喚醒我鬆散的神經，瞬間懶惰細胞全都躲得無影無蹤。刻不容緩，立馬行動，整理起舊報紙來。不整理則已，一整理，居然理出五十篇文章來。最早一篇〈拉薩行〉，一看日期，是一九八五年刊出的。

　　看著這些舊報紙，感慨萬千，有淚有笑，斯人已乘黃鶴去，此地空餘松嵐閣。但，何空之有？我的文創，早已熱鬧滾滾滿一屋。那些夢，攔下的及時成了黑鴉鴉的文字，讀著讀著，往事一頁一頁地回來。

　　該給書取個合意的名字了，和燕風、德瑩在「夢」字上切磋琢磨，夢來夢去，正想「尋夢，追夢，完夢」是否可用時，蔣軍的建議——「磊磊小品」，來得正是時候。怎麼忘了曼莉曾為我這石癡取了個美麗的名字——磊磊呢！

　　《磊磊小品》，名副其實，太好了！

陳永秀

（附：書中文章曾在《世界日報‧家園副刊》和《世界日報‧週刊》發表。）

# 文創

2018年，我去台北參加海外華文女作家會舉辦的雙年會，兩天會議，聆聽各位作家專業演講，得益匪淺。

坐在女作家群中，回觀自己，只能算是半個作家。因我，不像多數作家，全心寫作，我常花許多時間忙著文創，有時靈感來了，欲罷不能，

最早是彩紙拼貼，撕著，拼著，貼著，最後演變成拼貼畫（collage），並為自己寫的一些兒歌做插圖，在台灣出版。從紙拼貼到布拼貼，是自然形成的。家裡的彩紙束諸高閣後，換來各種花布，穿針引線，做成一塊又一塊布拼貼（quilt）。有一塊拼布上縫了個大大的「緣」字，花了一年的空閒時間。

麗清的女兒「小蜜糖」有天送了我一本襪娃娃的書，我一看，馬上被書上的襪猴、襪娃迷住了。自己學做呀！買雙花襪子不難，於是剪剪縫縫，好好一雙襪子四分五裂，轉眼成了布牛、布娃、布老頭兒、布猴。一個個端坐在小椅子上，開起圓桌會議，還煞有那麼點樣子。

二十年前，中國有位作家田原來訪，他畫畫、寫字之餘，忽然畫起石頭來。他畫的石頭趣味橫生，我站一旁看，愈看愈著迷。他走後，我也畫起石頭來。走山路，我找石；走平路，我找石；郊遊，我找石；旅遊，我找石。愈畫愈入佳境，又是欲罷不

能。曼莉看了,給我取了個「磊磊」外號;朋友都知,此人癡石
已到無可救藥的地步。話說三句,必有「石」字,為這些石人寫
的小品文還登在《世界日報》上。後來雖不再畫石,久違的朋友
仍愛問:「還畫石嗎?」

　　從粗石到玻璃,似乎也是水到渠成。一個偶然機會接觸了玻
璃,就迷上了。玻璃不但彩色豐富,燒出的成品還十分亮眼,心
中對顏色的渴望得到滿足。每次看到高溫燒出來的成品,既驚喜
又驚豔。樂此不疲,直至切玻璃的手腕疼痛,才不得不叫停。

　　有天去卡妙爾小鎮玩,經過一商店,瞄見布魚燕瘦環肥掛滿
一排。只那一瞥,就勾起我做布魚的興趣。玻璃暫靠邊站,又讓
位給花布。沒太久,一條條布魚掛上廚房橫樑。從此以後,天天
與布魚見面,即使沒魚吃,望望布魚,人也飽了。

　　現在,開始畫水彩,起步甚晚,但有摩西祖母的前車之鑑,活
到老,畫到老。文創,豐富了生活,使我的生活不再千篇一律。

1

2 | 3

1：外公外婆全家福
2：母親與我攝於蔣家的牡丹園
3：父親與我攝於日月潭

| 1 | 1：蘇格蘭 |
| 2 | 2：雲南普者黑 |
| 3 | 3：西藏拉薩布達拉宮 |

| 1 | |
|---|---|
| 2 | 3 |

1：英國巨石陣
2：希臘聖托里尼島上的伊雅小鎮
3：希臘聖托里尼島上的伊雅小鎮

| 1 | |
|---|---|
| 2 | 3 |

1：希臘邁特奧拉，Meteora
2：希臘邁特奧拉，Meteora
3：澳洲烏魯魯巨石

| 1 | 1：雲南紅土地 |
| 2 | 2：貴州鎮遠古鎮 |
| 3 | 3：浙江南潯水鄉 |

1：新疆巴因布魯克大草原
2：埃及撒哈拉大沙漠
3：湖南鳳凰城

|   1   | 1：伊斯坦堡的聖蘇非亞教堂 |
|-------|----------------------|
| 2 │ 3 | 2：宜蘭蘭陽博物館        |
|       | 3：卡爾德動態雕塑        |

1：墨姬戲魚（初試水彩畫）
2：竹雕，梅花，石女
3：廚房窗戶上我做的玻璃雙魚

# 目　錄

第一輯
《散文》

# 1. 奧克蘭是我的家鄉

曾經說不出口，奧克蘭是我的家鄉。

算了算，住在這兒快三十年，人生能有幾個三十年？一九七六年，從四季分明的東岸，橫跨整個美國，在四季不分明的西岸東灣的比德范（Piedmont）定居下來後，就沒離開過。即使搬家，也是短距離的，由比德范搬到奧克蘭山上，從此天天和舊金山（三藩市）遙遙相望。

許多人對奧克蘭頗有偏見，這城能住嗎？這城動不動就有人鬧事，安全嗎？好事不見報，壞事傳千里。我怎麼告訴朋友呢！這城其實不像記者筆下那麼總是醜聞纏身，這城多半時候平安無事。市中心有個湖，中國人叫它「美麗湖」，各色各樣的人在湖邊散步、跑步，健身之外，心胸舒坦愉快。湖邊有候鳥棲息之地，各種野鴨、野雁在湖中徜徉，和岸上行人享受同樣的安閒自在。而繞著湖邊建造的高樓大廈，從窗戶望下去，但見湖水，波光粼粼，不驚不乍。一個擁有湖的城市，自然而然多了一分嫵媚！

山上住家，多依地勢而建，常有令人刮目相看、獨樹一格的房子。這些房子背山面水，後面是迪亞不落山（Mt. Diablo），前面是舊金山海灣。住在裡面的人，天天和落日打照面。我就是這樣，瞎打誤撞，找到了這幢天天可看到落日的房子。常常在黃

昏時分，被夕陽餘暉吸引，打開前門，正好捕捉到落日，鴨蛋黃般，紅紅火火地消失在西邊天際。浪漫之心猶在顫抖，後院灰暗天空已捎來訊息——快來看滿月，黃色大月亮正從東邊迪亞不落山後緩緩升起，清冷的月光，突的洗淨一身紅塵雜念。

那麼，你怎麼不說說，平地上一些貧困區域呢！問題常從那裡來。我，只是區區一小市民，那些麻煩事，還是得請現任市長解決；我曾經投了她神聖的一票，對她寄予厚望。這城曾由白人市長布朗（現任州長）大材小用地領導過，後來選了非裔市長，以為以非裔治非裔，一定可以解決社會上非裔造成的問題；但他能力不足，等中國女市長上任後，堆積下來的問題一籮筐，她能力有限，退位後毀譽參半；至於現任西裔的美麗市長，正焦頭爛額忙著解決各方來的問題。我客觀地觀察，這城，在她領導下，終於有了些起色，居然登上世界旅遊城市前十名，美食榜上更赫赫然排在前三名。

多年前，在舊金山上班的人，多半選擇住在奧克蘭，因這城天氣絕佳，不像舊金山常常籠罩在霧中。他們在這城蓋了小小別墅，每天坐渡輪或開車到舊金山做事。曾幾何時，好景不再，因港口需求人工，奧克蘭市從非洲招募大量工人，但後來因不需要這些人作業，造成許多失業的人口。失業的人開始犯罪、犯案，奧克蘭因此深受其害，許多人搬走了，城市也從此走下坡路；幾位市長費盡心思想要拯救這城，或多或少改造整頓發展了市情。現在嫌舊金山住房太貴的年輕人又搬回奧克蘭住，給這城帶來新氣象、新希望。

傑克‧倫敦在奧克蘭成長，曾經在柏克萊大學念過一年書，

他與奧克蘭密切連在一起，奧克蘭市為這位文學勇士蓋了座廣場。傑克・倫敦廣場成了人們休閒的好去處，看他寫作的矮小屋子，看那隻仰天長嘯的狼銅像，然後走進他去過的小小啤酒屋喝杯啤酒，當然還有許多與他無關的商業攤子，藉他之名而來，使這廣場生氣勃勃。

市府不遠處，中國人蓋起了座中國城，解決了許多中國人的食住問題。逢年過節，總有慶祝。三十多年前我們從台灣接父母來美養老，每星期都帶他們去中國城購物，他們才沒有因為客居他鄉無中國食品而感到的失落，奧克蘭市也成了他們終老的他鄉。

全美有動物園的一線城市，屈指可數，像奧克蘭這種二線城市居然有個頗具規模的動物園，實屬難得。獅、虎、豹、長頸鹿、大象、斑馬、黑熊、狒狒、猿、猴等，應有盡有。十年前，身為中國人的副市長，多次拜訪中國大陸，以為申請熊貓成功。回來後大興土木，給熊貓蓋了座美輪美奐的家園。大家引頸企望，一年一年過去，何來熊貓？徒望空巢嘆氣，總不能空在那裡浪費納稅人的錢呀！於是讓狒狒進住。這些狒狒們，住進熊貓園，心情好不愉快，樂得月月添丁，把個熊貓園變成了狒狒園，狒子狒孫，滿園奔跑，好不熱鬧。

這三年，奧克蘭市終於有了揚威國際的勇士，此勇士是登上籃球王國寶座的籃球隊Warrior。我幸逢其盛，深深愛上了這支籃球隊，心情隨著他們的勝敗起伏。二〇一五年他們得到冠軍，在美麗湖旁大大慶祝，上萬的粉絲湧入奧克蘭。人潮洶湧，密密麻麻地包圍著美麗湖，從天空看下來，真是絕妙的一幅圖畫。勇

士愈戰愈勇，二〇一七和二〇一八年都登上冠軍寶座，四年三冠，建立了勇士王朝，我與有榮焉！

回首過去這一生，重慶、北京住過，但印象模糊。南台灣雖然住了十幾年，當時年紀輕輕，家是父母的，只是家中一依親分子，說不清自己的心境和性向。到了美國，伊利諾州住過，紐約州住過，麻州住過，在經營一個家的過程中，慢慢地，心態、感情都開始融入新環境。身雖為中國人，心已經離原鄉愈來愈遠，更關心周邊的事、周邊的人，關心美國這個國家，關心它與中國如何互動。

自從有了孩子後，敬斅與我選城選房都與好學校有關。終於孩子都大了，一個個離開家上大學，大大的房子顯得空空蕩蕩。有天大兒子對我說：「媽，你喜歡藝術，喜歡建築，你應該找一幢合你意的有點情調的房子養老，不應該再住在這幢四平八穩的家庭式大房子裡。」他敲醒了我，我馬上出去找房子。出乎意料地，一找就找到奧克蘭山上這幢十分有特色的房子，原來人與房也可有緣。從此以後，我把這房子完全照自己性向裝飾，牆上掛的、架上擺放的都是自己的心血結晶，院中一花一木也是精心挑選過的，走到哪一個角落都可以找到自己的影子。都說愛屋及烏，我是愛屋及城，既然我的夢屋在奧克蘭扎了根，奧克蘭，就自然成了和我息息相關的家鄉了。

# 2. 謀必優的創始人卡爾德

　　整修五年，一座又大又新，達到國際水準的舊金山現代美術館（MOMA）終於開幕，燕風、明琤和我急不及待地相約三人行，登門賞畫和雕塑。

　　進了門，高大明亮的大廳屋頂，一座黑灰的謀必優（Mobile；流動的雕塑）正俯瞰我們，它好像知道我的來意：「去，去三樓，那兒有更多的謀必優，卡爾德（Alexander Calder）留下的。」

　　三樓果然有卡爾德的特展室，掛著各式各樣的謀必優，簡單的線條、單純的顏色、明確的幾何圖形切片，正在眼前晃動著，緩緩的，悠悠的，自自然然的，就像天體運行的星星，永遠保持一定距離，互動互不碰。

　　從巴黎到紐約，卡爾德用天秤的槓桿原理設計出他最初的謀必優，小小的，支架上一鐵線，一邊一片塑膠片，大小不同，所以平衡點不在正中。平衡點一旦找到，輕輕焊接上，鐵線仍能搖動，大片帶動小片，一上一下地晃。

　　做了一批小謀必優，他開始做大一號的，多用幾條鐵條，兩邊掛大小不一的塑膠片，每條都有平衡點，成品從天花板掛下來，在空氣中晃動。周圍的朋友看了驚豔不已，雕塑浮動，真是獨樹一幟，震撼大家的視覺。

　　這一來，他需要更大的空間。換句話說，他想要發展他的

謀必優。他在康乃狄克州找到一老舊農舍，舍旁有十八畝荒地，買下後他自己動手改建成住宅和畫室。在大畫室中他開始構建大謀必優，先造個三角形鐵架，粗鐵條兩邊焊上不同形狀、不同顏色、不同大小的鋁片或木片，找到平衡點，再焊接到鐵架上，這比人高出許多的大謀必優搬到室外，風吹木片、鋁片動，頂天立地，四平八穩，像一顆顆迎風招搖的樹；樹葉隨風輕搖，把個荒郊野外點綴得生氣勃勃。

看到的人都打從心底地愛上他的謀必優，一傳十，十傳百，沒幾年，他的謀必優就在世界各地找到落腳處；廣場正中央、市政大廳正中央、美術館更是爭先恐後展覽他的謀必優。十多年前，他的謀必優曾來舊金山展覽，開幕那天，人潮擁擠，他的謀必優不訴說，不吶喊，不沉重，不教誨，不耳提面命，看上去，清爽明朗。但，到底是什麼，讓我這般快樂，周邊來觀賞的人，也都滿臉笑容……

他的謀必優是「色、形、動」的巧妙結合：「色」要選擇原色，「形」要多元化，「動」要自由。學工程的他，充分發揮他結構方面的才能，而天生的藝術才華又使他的雕塑可觀可賞。我一看就難忘，莫名奇妙地愛上這些似動非動、似自然又非自然的，充滿靈氣的浮動雕塑。眼觀後，更用「心」去賞，感受格外深刻。

成名後，畫廊常把他的靜的、動的雕塑和超現實主義派一起展出，但他堅持自己既不屬於新浪漫主義，也不屬於超寫實主義，更不是野獸派。他無門無派，獨特的謀必優在藝術界能夠獨當一面，獨領風騷了數十年。做人做事都崇尚自然的他，從不給

自己設框架。

他廣結善緣，家中常高朋滿座，畫家、文學家、鐵匠、木匠、政客常來拜訪。家中除了自己的雕塑外，還掛了朋友的畫，其中他最喜歡米羅（Miro）的畫，米羅畫簡單的線條和用色是他謀必優的靈感泉源，他們互相交換作品，惺惺相惜。

大文豪亞瑟・米勒（Arthur Miller），是他諸多好友之一。他說卡爾德講話從不拐彎抹角，永遠實事求是，口中沒有負面的話，是個常常快樂的人。亞瑟看他的謀必優，感動地形容：「眾鳥飛翔，與光同舞，捕風捉雨。」他聽了，詼諧地回說：「對對對對對！」他，從不解說自己的作品，只要大家用眼用心去觀賞，文字是多餘的。

在他太太眼中，卡爾德像個大孩子，滿腦子天真無邪，精力充沛，從早到晚動腦又動手，或創作謀必優，或用鐵絲繞來繞去做成人臉、牛、魚⋯⋯或聯絡鐵匠用鐵做大型雕刻，或自己做桌做椅，忙個不停。但他，三餐一定坐下來吃，從不廢寢忘食。很早就成名的他，仍然一貫地平易近人、親切和藹、不亢不卑、不修邊幅。她說：「從來沒看他發過脾氣，是家人朋友眼中的好好先生。」

他油漆成黑色的大畫室十分凌亂，桌上、地上堆滿各種金屬、木頭、塑膠，撿來的特別東西，鐵條、鐵絲⋯⋯各類工具，但亂歸亂，他永遠可以在裡面找到他要的東西，好像他的腦中有張藍圖，知道各種材料、工具的所在角落。

朋友走後，我又悄悄回到他的特展室，站在「十八黑」前，傻傻地盯著看，這謀必優用了許多平衡點，十八塊大大小小的黑

片在九根鐵條兩旁各就各位，互不碰撞，支架下有motor，徐徐地轉動。看著看著，我差點進入夢鄉。

　　一八九八年出生，一九七六年去世的他，傾其一生做他喜歡做的事，他小心翼翼地為他的謀必優找尋平衡點，而他自己生命的平衡點卻是與生俱來的，可謂得天獨厚！

# 3. 父親，您什麼都不缺

最近常常會想到阿景，晚年的父母有她照顧，多麼幸福，那是四十多年前的事了。

當年每次回台，總聽到父親口中，「阿景，阿景」的，語氣親切溫和。他同她講話，國語夾台語，她回他，台語夾國語。台語連續劇來了，父親一定會大聲叫：「阿景，時間到了，快來啊！」這時父母和我，還有小堂叔，全敬陪末座。小堂叔和我，也看得津津有味。父親沒什麼興趣，看起報來。母親台語不行，只能看看畫面，用廣東話說：「嘸識聽！」

不能想像，家中如沒有阿景，會是什麼樣冷清的局面。她在我家三十多年，丈夫走了，兒子走了，孤家寡人，早已把父母親的家當成自己家。過年過節，親戚朋友來送禮，少不了她一份，大嗓門的她對來訪的人，也有喜歡不喜歡之分，父母親看她端上來的茶水，就知這來訪者在她心中的地位。我難得從美回台探親，母親總對我說：「阿景把最好的茶葉留給妳喝。」

我回去，她常拉著我的手，說：「你應該常回來，你回來，你爸笑得多開心！」早年帶著三個兒子回台，小兒子只是二個月大的小嬰兒，阿景抱著胖嘟嘟的他，捨不得放手，我說：「妳把小娃兒寵壞了，回美我怎辦呀！」

也是那年，我們倆帶著大兒子、二兒子和兩家父母飛去花

蓮度假，把小娃兒留給阿景照顧。從花蓮回來，已飛上天的小飛機，小窗看出去，其中一螺旋槳突然冒起火來，停止旋轉了，下面是汪洋大海。怕死的我心中居然出奇地鎮定，我腦子急速地轉，這一大家人馬上要葬身魚腹了，只留下小娃兒一條命脈，還好是在阿景手中——「in good hand」……。幸好，飛機帶著一團火，安全返回花蓮機場，我們這一家人，換了飛機，平安飛回台北。

如今小娃兒已是職場一好漢，當年這「差點葬身大海」的事，我從來沒對他說過。

十年後，又一次全家赴台，曾抱過小兒子的阿景，左看右看，情有所鍾。把我拉到一旁，悄悄對我說：「妳爸什麼都不缺，就少了個姓他姓的人。我們台灣人有個習俗，兒女一半從父姓，一半從母姓。妳有三個兒子，大兒、二兒姓王，可不可以讓小兒子姓陳，妳爸，他會多麼高興啊！」我聽了一愕，從沒聽說過這習俗，是不是阿景無中生有？她為了父親，是會多長些心眼的。但我想了又想，卻愈想愈合理，二兒姓王，一兒姓陳，算是我對父親育我的回報。

於是，我先鼓足口氣過老公這一關，沒想到他一口答應了，爽快乾脆得令我瞠目結舌：「你，你，你，不會後悔吧！」然後告訴父親。他兩眼一亮，掩不住地快樂，嘴中卻客氣說：「沒聽過這種做法，不妥吧！……」最後問十歲的小兒子，他一向喜歡外公，高高興興地馬上答應。

有一年，阿景眼睛出了毛病，要開刀，要住院。父親用他的人際關係為她找了最好的眼醫，開完刀，住進單人病房。母親每

天帶雞湯去看她，住了整整一星期。後來我每次從美國回去，她都會對我說：「妳爸對醫生、護士說我是他們親戚，所以他們都對我很好，他還為我付了全部的醫藥費。」

我終於瞭解「將心比心」是什麼意思。

「父親，您什麼都不缺，阿景說對了。」

# 4. 胖蘋果，藍莓派，傑克‧倫敦

　　每年七月，柏克萊這家老字號餐館「胖蘋果」（Fat Apple）就推出它超新鮮、口感極佳的藍莓派。想念了九個月，粉絲們忙不迭去買個來大快朵頤。在揉和得恰恰好的酥皮上塗一層加了料的乾酪，倒入一顆顆在紫紅色果醬中打著滾兒、圓乎乎的藍莓，上面再加一圈攪打過的乳脂（whippep cream），一個誘人的派就呈現眼前。切一塊，送入口中，甜甜酸酸的藍莓，配以酥鬆的派皮，和提味的乾酪乳脂，一嘴紫紅，口齒頓時留香。

　　不就一個藍莓派罷了，何足以如此嘮叨，但我，不能不表揚，「胖蘋果」的藍莓派在諸派中的確鶴立雞群，連它的蘋果派、南瓜派、櫻桃派都望塵莫及。藍莓派一年只在七、八、九月出現，吊足胃口後，就悄悄地從眾派中消失，任憑我這饞姐望穿秋水地等！

　　並不是所有的藍莓派都這般好吃，曾在波士頓住過七年，遍地藍莓的東部諸州，藍莓派家喻戶曉，是很普通，連我都會做的派。我多半買個現成的派皮，把小小的藍莓加糖煮成果醬，倒入派皮，烤三十分鐘……。好吃嗎？不特別好吃但也不難吃，最多六十分。到了柏克萊，自從發現了「胖蘋果」的藍莓派，才知它原來可以如此挑戰人的味覺和食慾。此派，彼派，是不可同日而語的！

　　「胖蘋果」的店主和太太後來離婚了，店主到鄰城愛爾色里多（Elcerrto）開了一家，也叫「胖蘋果」，老店則由太太經營。我只吃藍莓派，季節來時，兩邊都光顧，絕不厚此薄彼。

　　和朋友到「胖蘋果」老字號吃藍莓派，看見牆上滿是像片，人物似曾相識。學生侍者回答了我們的疑問。「是傑克‧倫敦。」他說。「店主是不是很崇拜傑克‧倫敦？」我問。「胖蘋果餐廳最早開在傑克‧倫敦廣場（Jack London Square），後來才搬到馬丁‧路德路的。」他說。我語重聲長地「哦！」了一聲。店主一定崇拜傑克‧倫敦，否則他不會把傑克‧倫敦的生活、社交和寫作照掛滿兩面牆。

　　相片下有一小排字，我走過去看，原來是傑克‧倫敦的座右銘：

　　　「我不願做一顆沉睡的永恆行星，情願做一顆亮光光劃過
　　　　天空的超級流星。人來到這世界，不是為了存在，而是為
　　　　了活著。每分每秒我都要好好利用，絕不為苟活而虛度了
　　　　光陰。」

　　他生在舊金山；生父是流浪的天文學家，不願負起養育責任，棄他們母子出走；母親忙著教音樂養家，忙降神會，對他疏於照顧，後來改嫁，搬到奧克蘭貧民區。傑克從小在奧克蘭碼頭混，學做船員水手。十五歲輟學，從加州流浪到華盛頓，嚐盡人間疾苦，看盡低階層人的生活百態。十九歲時，忽然醒悟，萬般皆下品，唯有讀書高，於是回到奧克蘭，晝夜讀書，終於考上加

州柏克萊大學。

　　但只念一學期就又輟學，因他想要成為一個作家的意願勝過他想要接受教育的志願。又開始打工，後響應淘金的號召，和上萬人到阿拉斯加圓淘金夢。金沒淘到，卻因接觸各式各樣的人物和適應冬天冰天雪地的惡劣環境，成了他日後取之不盡的寫作題材。他寫了許多以阿拉斯加為背景的長短篇小說，最著名的是《野性的呼喚》。他自稱「野狼」，住屋叫「狼屋」。

　　他這天生的作家，天生的說故事者，有夢想、幻想和理想，是位極具天分才氣的人。筆耕從小不斷，退稿不斷，鍥而不捨，金石可鏤，終於在二十四歲那年成名。

　　他結過兩次婚，第一次婚姻有二女兒，第二次婚姻，他想要生個兒子長大陪他航海，卻沒如願。他因很小就做苦工，長大愛喝酒，生活喜流浪冒險，長期打字寫作傷了肩膀、彎了背脊……，因此積勞成疾，終於英年早逝，死時才四十一歲。

　　奧克蘭為紀念這位偉大作家，在遙望舊金山的碼頭，蓋了傑克・倫敦廣場，把他寫《野性的呼喚》的低矮小茅屋放在那兒，旁邊還有隻銅製的狼，仰天呼嚎。

　　小小一塊藍莓派讓我認識一位一八八〇到一九一〇年左右在奧克蘭和彼得蒙成長、成名、結婚生女的偉大作家，而我在這二城住了三十多年，與有榮焉！

# 5. 母親有福

　　母親離開這世界已十五年了，而我們這些在她眼中曾是中年人的晚輩，一個個，不知不覺走入老年。我開始聽到朋友們在我耳邊提起母親的聲浪：「真希望像她一般，走得乾脆，走得利索。」都知生老病死這人生必走之路，病，是人之最怕。母親跳過這一關，無病無痛地走了，朋友都很羨慕！

　　她如何活到八十九歲，無疾而終的呢？！

　　「她注意養生嗎？」有人問。

　　「不注意。」

　　「她運動嗎？」

　　「不運動。」

　　「她心情愉快嗎？」

　　「不特別愉快，但也不鬱悶。」

　　「她吃很多青菜嗎？」

　　「適可。」

　　「她常吃魚嗎？」

　　「豆豉菱魚，罐頭的。」

　　「她睡眠足嗎？」

　　「從來不足。」

　　「她胖嗎？」

「肚稍大，身微胖。」

「她有不良嗜好嗎？」

「沒有，但吸過多年二手煙。」

在她那時代，沒有養生資訊，她就照自己的意思過日子，沒用過橄欖油，沒睡夠八小時，不慢走，不甩手，不養氣，不吐納，不維持標準偏瘦的身材，食物不管紅黃黑白，只與綠菜打交道，罐頭、醃菜，餐餐具備，從沒吃過有機食品。一坐常數小時，所謂的「沙發土豆」，她當之無愧。

看我們這一代，戰戰兢兢地過日子，資訊從電視、從網路排山倒海而來，朋友還不時捎來他們的養生經驗，腦袋那一點空間瞬間氾濫，雖沒成災，日子已不好過。

聽著：日行萬步，少一步不行；甩手三千下，二千九百不算數；吃三種水果、五種青菜，最好選沒農藥加州生產的；有氧運動、太極、氣功、瑜伽、森巴、排排舞、肚皮舞、元極舞……，星期一、三跳一種，二、四做另一種；睡覺要睡足七、八小時；電視每天只准看二小時，所以選好節目，魚與熊掌不可得兼，看了張三的愛情片，就別看李四的家庭倫理劇，沙發坐久少活三年……

古人想長生不老，猛煉仙丹；今人想長壽，忙養生，勤運動。我的老媽，她沒煉仙丹，也沒養生，該走時，一句「再見」都沒來得及說，就走了。

母親，您真有福！

# 6. 襪子，襪子

當世界諸強國正在熱烈討論限制核子武器的製造之際，當卡特正處心積慮地設法與中共建交之際，當加州市民正在為沒水發愁之際，我卻坐在我那四面牆壁內對著一堆襪子，皺著眉，發著愁。

「我的襪子呢？」「我的襪子呢？」常常會像空谷迴音，從四面八方傳送過來，聲波擊著我的耳膜，癢癢的，刺刺的，於是在那一段時光裡，我就擱下所有正在做的事，騰出整個腦子的空間，全神貫注地、全力以赴地找尋襪子去了。

卻也怪了，家裡沒有吃襪子的老虎，也沒有收容襪子的黑洞，一家生活方式也算規規矩矩，一人一天一雙襪子，並沒有朝「秦」暮「楚」的習慣，但卻有著一大堆打著單的襪子，張三、李四、王二麻子怎也配不成雙。到頭來，愛莫能助，只好在無可奈何的情況下，請他們遠走垃圾之鄉，另尋高就了。

常常在束手無策之際，忽然天現曙光，賜我以靈感，於是一馬衝出被襪子鬧得愁雲滿布的家，買襪子去也。空手而去，滿載而歸，二十雙襪子，黑黃相間，全部一式一樣。回來後每人抽屜塞幾雙，以為從此可以高枕無憂，於是學琴、學畫、打球，喘氣之餘，很有幾分沾沾自喜的感覺。也的確過了一小段太平的日子，但好景不常，沒多久，二十雙襪子就從四十、三十九、三十

八⋯⋯成等差級數地遞減。更糟的是，嬌嬌襪娘，禁不起熱風吹，太陽曬，本是同樣大小的，不知怎的變得高的高，矮的矮，肥的肥，瘦的瘦，顏色雖然完全相同，形狀卻已相去甚遠。乍看還似，上腳就差，一隻勉強蓋住足踝，一隻高到膝蓋之下，於是脫下重新配對。哪知觀顏色易，配大小難，必須把所有的同樣色彩的襪子集合起來，整齊排列，小心組合。大歸大，中歸中，小歸小。幾番折騰，終於在雙雙對對之外找出幾個死硬黨派，說怎的，就是高也不成，低也不就，頑固地打著獨身的招牌，奈何！！

偶爾也在束手無策之際，對家人曉以「無襪一樣過日子」的大義，但一向口拙，三言兩語，詞句已告窮。家裡人一面洗耳恭聽，一面大頭直搖。世風已日下，不可再淪落到不穿襪子的地步，奔走工業之區、學校之所，鞋上沒襪，成何體統？夜深入靜，眾人皆睡，唯我獨醒之時，也不免坐在那兒傻想：同班同學都已擠身教授之林，或自開公司，個個雄心萬丈，前途光明，忙著栽培自己，建樹人類。想當年我也曾在化學方程式中邁過方步，也曾把鼻子恭敬地埋在書堆裡，也曾把計算尺左右操縱過，也曾把化學藥品燒呀、煮呀、燉呀過，何以今日會被襪子問題擾得坐立不安，心神不寧？但仔細想想，若不是我捨棄事業前途來解決家人的襪子問題，他們怎能安安心心地、昂首闊步地、堂堂正正地走出家庭大門，邁入大千世界，做他們的工作、讀他們的書呢！

每一個人都有他直接、間接對人類的貢獻，如果我也有那麼一點點的話，這就是了。

# 7. 父親的博士夢

那年，父親在台病危，我從美趕回去照顧他。看見他默默無言地躺在醫院床上，心中十分難過。那些天我輕摸他的頭，緊握著他的手，對他閒閒地說些話，說著說著，就說到久藏心中的一個結，一個家中從來沒有搬上檯面的敏感話題。我記得自己這麼說：「爸，您知道嗎？化學，我完全是替您念的。因為我愛您，不忍心讓您難過。」他面無表情地看著我，點了點頭，很輕微地，但我看見了。

抗戰剛勝利，一向愛讀書的父親幸運地拿到明尼蘇達大學化學系的獎學金，從重慶飛到美國圓他夢寐以求的博士夢，母親就帶了我和妹妹回北京老家投靠外祖父母。在北京兩年，天天和知道如何寵愛孫女的外公玩在一起，日子過得非常愉快，至今難忘。

但不知天高地厚的孩子哪裡會知道，那時國民黨的大勢已去、共產黨正虎視眈眈、隨時準備入主北京。還記得是一個淒風苦雨的夜晚，父親濕淋淋地忽然出現在大門前，全家都又驚又喜，我看見母親淚流滿面。那時我還不知，父親從美趕回來，是要把我們帶到台灣去，更不知，很快地，我就要同可愛的外公永別了。

離開北京，一波三折，全家終於在台灣安頓下來，我也重新

適應完全不同的新生活。上中學那段日子，右腦發達的我充分發揮了對文藝的喜好，每學期被選為學藝股長，辦壁報當仁不讓，興致勃勃。至於數學，及格而已。

所以念完高二，升高三前要決定升大學時該主攻理、文，或是農時，我毫不猶疑地選擇了文學和藝術。沒想到，一向對女兒無為而治的新派父親，把我叫到他辦公室，一臉嚴肅地對我說：「念文學、學藝術，出路不好，還是要學科學，進可以攻，退可以守，萬一⋯⋯」對一個十幾歲的年輕人，這種意味深長的話她哪裡聽得進去？第一次我與父親對抗了，爭辯許久，而且持之以理。但父親有備而來，絕不妥協，更曉以大道理：粗石尚可打磨成玉，學科學又有何困難？我一向極愛父親，知他寵我依我，也佩服他處世行事的合情合理。只是面對女兒的性向、興趣、能力、前途選擇這些重要事，他怎會不讓我自己決定呢？！我差點翻臉，說他不講理，但又怕傷了我們父女一向美好的關係。我因此心不甘情不願地接受了他的建議：「念理工，考甲組。」父親如釋重負地笑了，我卻感到前程一片迷茫，不知此去，數學、物理將如何折磨我。

從此，我努力地用不發達的左腦讀化學，經常不恥下問，成大化工四年雖辛苦仍順利讀完，每次聽到父親對朋友介紹我時那句「我女兒，學化學」的得意滿足口氣時、我就更決心要把我這塊石頭磨成玉了。

父親送我來美念化學，千叮嚀萬囑咐，一定要念個博士學位。我也知，既然攀登上科學船，目標應該是博士，不能半途而廢。只是挑燈夜讀時，不免懷疑，「不是玉石，如何打磨成玉」

呢！念完碩士，外子求婚，與父親談判，父親堅持「拿到學位再結婚也不遲」，我們這次沒聽他老人家的話，父親非常失望，但他仍在婚禮上祝福了我們。這回輪到我如釋重負、為自己不用再與化學打交道感到輕鬆和解脫。

從此又不學自通地走上文學藝術之路，加入「海外華文女作家會」，寫書作畫，不亦快哉！到柏克萊後，慢慢結交了中國來的親戚朋友，從他們口中聽到黑五類，聽到三反五反，聽到文革，聽到上山下鄉，聽到許多不人道、反常理的事。我忽然驚醒，如果在那改朝換代的緊要關頭，父親沒放棄他的博士論文，沒回北京來接我們，我們的命運會如何改變？有位在美帝統治下生活的父親，我們能不上榜黑五類嗎？能不過灰頭土臉、低聲下氣、一身莫須有罪名的日子嗎？大學之門還讓我們進嗎？那後果，真不堪想像呢！

親愛的爸爸，我不再怪您逼我為您圓夢，沒有您當年忍痛放棄博士學位的決定，我們又那能過後來無憂無愁的日子。只是我一直忘了問您，當年遠在異域他鄉，您如何預知中國會經歷這樣大的人為災難呢？

父親含蓄的愛，從不掛在嘴上，只深藏在心中，在眼神中若隱若現，在行動中似有似無。做女兒的終於領悟，如果我沒為他學化學，我才會遺憾一輩子。

# 8. 金山勇士凱旋大遊行

　　人頭攢動，人聲鼎沸，夾道歡迎，熱鬧滾滾等待著勇士的車隊。這時節，萬眾一心，心無旁騖，曾經讓奧克蘭人不愉快的往事，全都丟到九霄雲外。原來籃球冠軍球員可以這麼輕鬆地把上百萬顆心揉在一起。

　　原本可以端坐在家中沙發上，手持一杯咖啡，舒適地看遊行視頻，偏偏耐不住百萬人電視上的號召，明知擁擠，明知折騰，明知勞累，吾前往之。但當層層人頭擋住視線，久站膝蓋發出抗議時，也不得不懷疑自己那一腔熱血是否流錯方向。時不我予，豈能同周圍壯健的年輕人一起鼓噪歡呼？！

　　勇士四年三勝，這幾個月過五關斬六將，戰勝所有NBA球隊，終於建立了勇士王朝。為了慶祝這得來不易的成就，他們籌畫在奧克蘭舉行大遊行，而我們正是慕名而來的百萬粉絲之一。這時，我們站在路邊已快一小時了，望穿秋水，終於盼來了載著隊員的雙層巴士。引頸踮足地看，高高車上站著誰呀！一身輕鬆打扮，帽子、眼鏡蓋住大部分的臉，正向大家揮舞著雙手，不免讓我想起老電影中凱旋榮歸的鏡頭。這時站在我前面的人高聲歡呼，全舉起手機，我必須從前人腦袋和手機中找出一點縫隙照他們。看不清車上何方神聖，柯瑞？杜蘭特？柯雷？格林？沙沙？伊哥達拉？……沒有時間猜測，匆匆按下快門再說，後來才發現

車前方印了他們赫赫大名。也是後來才知，我崇拜的柯瑞，早已下了車，正跳呀蹦呀同前排人近距離握手簽名，後排的人跟本不知前面發生何事。而我照到站在車上的人，其實是他的老爹。

金色獎盃，人手一個鑽石戒指，得來輕鬆嗎？不費吹灰之力嗎？非也！大教練柯爾，他也有寢食難安的日子。雖贏過七座獎盃、七個鑽戒，卻不一定能穩操勝券拿到這第八個。場場球賽，戰戰兢兢，如履薄冰，打的人全力以赴，看的人血壓快速升高。輸球時，看他眉頭深鎖，面色凝重，一次又一次，招球員回來重新組合。打得太差時，他甚至灰頭土臉地說：「這支球隊，打成這樣，是我的球隊嗎？我想我該辭職了。」

幸好，贏球比輸球的時候多，隊員個個生龍活虎，紅紅火火的，投下遠距離三分球，投進重圍下的籃板球，遠距離、近距離、背後甚至胯下的運球、傳球、搶球、灌球、大三元……讓所有人驚喜不已。拍手拍得紅通通的，贏一分是險贏，贏三十分則是痛快淋漓的大贏。看球時刻，忘卻人間還有煩惱。

也看出，籃球並不單是體力運動，勇士已更上一層樓，把賽事提升。他們證明了比賽除體力外，籃球賽也須隊員、教練把情商、智商互動配合：站在哪一地段投球、快速傳球、傳給誰最安全，何時衝進去投籃板球，時間分秒必爭，容不下絲毫猶疑不決。球場如戰場，一不小心，球就落入對方手中，只有眼睜睜看著別人得分。眼到，腦到，足到，手到，臨機應變，精準投籃。勇士集五大將於一隊，卻能精誠團結，合作無間，不標榜一人獨霸，總是你一球我一球，難得無私，他們的打球風格因此讓人刮目相看。

　　他們的大名已是家喻戶曉，從美國傳到世界各地，勇士粉絲一籮筐，連中國、台灣都有不少。他們在加州東灣的奧克蘭甲骨文球場打球，我身為奧克蘭居民，如何能置身事外，對他們無動於衷呢！自從三年前迷上勇士，我就場場為它加油，勝則歡喜，敗則傷心。這加油還挺管用，一次又一次把勇士推上冠軍寶座，暗自竊喜。

　　我這奧克蘭人，躬逢其盛，與有榮焉！

# 9. 黃瓜成熟時

不是一個有綠手指的人，卻擁有一個繁花盛開的花園，勤能補拙？非也，在下並不勤快。朋友走進花園，嘖嘖稱讚之後，總會冒出一句：「好土！」的確，我的花園得助於好泥土。

這事不得不歸功於我的中國園丁──他來自舟山群島，在園丁一職幾乎全為老墨包辦之際，中國園丁真是鳳毛麟角。我何其有幸，能同園丁用國語交流，二十多年，有商有量，合作愉快。兩年前他為我改造枯黃、單調、落寞的後院，他大刀闊斧剷除硬掘掘的黏土，一車一車運進肥沃的鬆土。從此，鮮花處處開，滿園春色，每天走進花園，心花怒放，心情開朗。對他，除了感激還是感激。

他還畫龍點睛裝了個planter box，讓我賞花之餘，還可過過農夫之癮。木盆中的好泥土使我種什麼長什麼。親戚捎來一紮韭菜，不久就韭菜成叢。天天韭菜炒蛋、韭菜炒豆干、韭菜盒子，韭菜已占領大半土地。趁著還有三分之一淨土，趕緊去買了兩棵小小的日本黃瓜苗子，種了下去，還買了個鐵架子供它們攀爬之用。天天澆水，天天觀察，小苗子很爭氣，一寸一寸長大。巴掌大的葉子東一片、西一片，上一片、下一片，摸上去，毛茸茸的有點刺手。

終於看到黃花，每朵連著一黃瓜，細細小小，弱不禁風。

太陽卯足全力，好好曬它八小時，小黃瓜開始茁壯。終於皇天不負有心人，在那些大葉子下，忽然看見一條黃瓜四平八穩躺在地上，「陳家有瓜初長成，養在葉下人未識。」我的兩眼發亮，這黃瓜長得豐滿硬朗，可以請它亮相，見見世面了。

好戲這才開始，天天驚喜連連：這瓜兒細細長長，那瓜兒彎彎曲曲；這瓜兒怪模怪樣，那瓜兒扭扭捏捏。諸瓜奇形怪狀，登大雅之堂者寥寥無幾，但在我眼中，卻一視同仁。德瑩來訪，一同在葉中找尋，驚訝之聲此起彼落，其樂無窮。

涼拌黃瓜非我所長，不恥東問西問，更上網求助，生怕做錯，辜負了它有機新鮮的脆度。忽然想起很久以前學做味全花瓜，七進七出，記憶猶新。於是把醬油、醋、糖混合煮滾，倒入切好的黃瓜塊，馬上關火，攪和一下，倒出黃瓜。再開火，醬汁滾時，倒進黃瓜，關火，攪和，倒出，重複七次，最後把冷卻的黃瓜倒入瓶中，冷卻的醬汁也倒入瓶中，放進冰箱慢慢享用。這樣七上八下折騰過的黃瓜，有滋有味，酸酸甜甜脆脆，唇齒留香。

黃瓜此時已是枝葉茂盛、張牙舞爪地四處伸張。有個黃瓜更是不顧一切猛長，我決定培養它，放它一馬，看它能長多大。它於是一天一吋地成長，終於長成二十吋，獨領風騷，成了院中的黃瓜精。

活到老學到老，是啊！學無止境。

# 10. 色克蘭特的世界

蔡瀾說玩物喪志，應該改成玩物養志，一字之差，讓我大開玩物之戒後，躊躇滿志。

我就是用這種心態，建立起色克蘭特（Succulents）的世界來的。色克蘭特，沒聽說過吧！其實就是那種中國人叫多肉的植物，減肥的人看了「多肉」兩字有點觸目驚心，而我，乾脆就叫它「胖胖」，暱稱之不為過也。

加州水荒，這些本不登大雅之堂的沙漠植物，短短時間麻雀變鳳凰了，與玫瑰茶花、木蘭花、桃花、蝴蝶蘭、杜鵑花居然平起平坐，在同一花園分享主人的癡愛，又擠進花房成新寵，連藥房門外也擺上一架一架惹人愛的小胖胖，路人呀！買盆胖胖，順便進來買藥吧。

約一年前，市政府號召，省水當務之急。聽多了，回家手上總會端幾盆胖胖，胖胖省水，眾所皆知，要做好公民，花錢事小，省水第一。於是三五胖胖成一家，三家胖胖成一里，六家胖胖成一村。胖胖村住房更是各具特色：有中國來的長竹節，土耳其來的牛頭鐵盆，沙灘撿回的朽木、怪石，印第安人的砂石盆，盧森火山石盆。胖胖村儼然成為一景，足不出戶也可賞心悅目。

後院草地一片乾枯，終於決定改頭換面，把後院改建成頗有禪意的石頭庭院，大青苔石與眾花相互呼應，石旁有花，花中藏

石。院中又劃分出二島，一島種玫瑰，一島當然是主人新寵，胖胖了，那小島就成了胖胖的新天地。於是我，又陸續引進大小胖胖，千姿百態，打造成胖胖島來。二島居民近距離觀望，相得益彰。

島上胖胖們濟濟一堂，個個秀出渾圓飽滿的葉子，它們從不矯情，從不恃寵，有水沒水一樣長得硬朗挺拔。三珍補品，全免。蟲子呢？拒絕往來戶！它們是花中平民，儘管東邊有玫瑰，西邊有茶花、杜鵑、白蘭花，南邊有紫丁香、桂花，名字響噹噹的花仙子在監視，胖胖們仍然不亢不卑，低調地生長，偶爾冒出一些花兒，多是貌不驚人。那罕見的一簇紅花，也要勞主人彎腰曲背地觀賞，主人看那花嘖嘖稱奇，驚為天花。主人呀！你看胖胖十眼才看我們一眼，於是茶花，使盡渾身解數，滿滿當當開一樹紅花，讓她無法視而不見。「這種主人，朝秦暮楚，不必奉承，開花隨咱們意。」也有一些花兒不屑地說。

玫瑰、茶花因種類繁多，美麗的名字一簍筐。咱們胖胖雖無瑪麗蓮夢露樣的大名，但被稱呼為桃美人、黑法師、藍童子，感覺還是不錯的。花中小人物，在這島上繁衍，子孫滿堂時，就可以選個島長了，他們已私下討論，到時就選那位省水的主人，讓她過把「乾癮」，算是感謝她知遇之恩吧！

# 11. 春蠶到死絲方盡

## 奇才高第（Antoni Gaudi）

巴塞隆納的高第，高第的巴塞隆納。

迢迢千里來到巴塞隆納，就是想著高第的建築。

百年前巴塞隆納人傑地靈，造就了高第。而高第呢，也沒辜負這城給他的良好環境和機會，嘔心泣血設計了許多醒目傲世的建築物。把巴塞隆納提升為藝術建築之都，從此巴塞隆納和高第就難分難捨了。

多少年來，我對高第那些怪異奇特但卻妙趣橫生的建築盲目的、莫名其「妙」地喜愛，一本書翻來翻去，看得眼花撩亂。這樣的建築是給人住的嗎？這是給人住的大雕塑嗎？牆裡牆外、屋上屋下、門前窗後、鐵欄石砌……裝飾琳琅滿目，無法一目了然，也不能一語說清。看了又看，看了想再看，一遍又一遍，似懂非懂。

安東尼・高第生於一八五二年，從小他有風濕病，不能和同齡孩子一般躍蹦亂跳。既然行動受了限制，他的思考力和想像力就像脫了韁的野馬，縱情奔放。他對四周的觀察尖銳敏感，所以思想早熟，明察秋毫之末。

　　長大後進建築系，年紀輕輕已顯出他不按常理出牌特立獨行的個性。他不墨守建築常規，總想撞出一條自己的路。當時不少人對他異於尋常的設計懷疑，說他異想天開，說他：「這人是天才還是瘋子？！」但他高人一等的藝術天分還是被一些人肯定。當時歐洲藝術的風氣非常開放，百家齊鳴，各創新學說，各自尋求突破，藝術不再拘泥於一定形式。又因浪漫主義興起，推崇感情的自由發揮和主題的隨意運用，後來又有西班牙的藝術理論家羅斯金提倡「裝飾是建築之本」（Ornament is the origin of architecture）的學說，在這生氣勃勃的環境下，高第耳濡目染，他得天獨厚的想像力因此如魚得水，大大地借題發揮。

## 高第埋首苦研究，屋不驚人不罷休

　　我們在巴塞隆納的大街小巷走著，兩旁古老、厚實、灰暗的建築好像帶我們進入中古世紀。我們拿著地圖東張西望，為的是尋找巴特羅大廈（Casa Batllo），高第建築中最新潮的一幢。過街穿巷，尋尋覓覓，正納悶是否已失之交臂，忽然眼前一亮！「就是這兒！這就是了！」大喜過望，舌頭也打了結。

　　大門前掌門的四根大柱活像象的腿，大模大樣霸占了行人道的一角。上面支撐著曲線起伏、凹凸有致、無邊無角的高牆。大廈鶴立雞群，屋頂突出恐龍的背脊，旁邊一根煙囪正好給恐龍揚眉吐氣。牆上附著一塊一塊發著淡光的圓片好似魚的鱗，而牆面光滑倒像是海怪的皮。

　　都說他的建築有生命感，果真如此。這麼古怪有趣的大廈看

上去自由自在，無拘無束，凹凸的牆好像可以隨意伸展擴張。在望著那些不規則的窗戶，試圖想像住在牆壁曲曲拐拐無冐無旮的房子裡的人，他們該有何樣的情趣？是哪一些幸運兒有幸住進這樣調皮滑稽的大石雕中？我愈看愈好奇，愈看愈嫉妒。

中國的雕欄多是木刻，高第的雕欄則是鐵打的。我們來到米拉大廈（Casa Mila）外面，細細觀賞每個單元門外的鐵欄杆，或形如花草，或形如動物，各有千秋。高第畫了簡單的圖，再由鐵匠盡情發揮他們的藝術天分。高第為桂爾樓閣（Cuell Pavilions）設計的鐵製大門寬十幾呎，上有巨龍，神氣活現地張著大口，如有人想擅自撞過「龍門」，巨龍必張牙舞爪相迎。

## 桂爾傾囊大幫助，高第傾力蓋華屋

人的成功除了性格、智慧的因素之外，還靠機運。高第如沒有遇到大富翁桂爾，他許多精彩的設計也就無法問世。桂爾是他的大貴人，也是他的好朋友。桂爾愛才惜才，他的行宮、他休閒的樓閣、他的公園全由高第設計。對一個才華四溢的藝術家，有貴人相助無疑是一個極大的鼓勵，可以無後顧之憂。

高第深愛大自然，他說：「自然界中到處都是藝術傑作！」他常常一人在鄉野踽踽獨行，「萬物靜觀皆自得」，所以飛禽走獸、花草樹木、山巒奇石都成了他設計裝飾時的靈感泉源。顏色呢！也都取自大自然的色調。桂爾公園長石椅背上的幾十種色彩都與自然有關。

我們站在馬路露天的自動電梯上，緩緩高升，來到桂爾公

園（Gull Park）的後門，在公園裡繞了一大圈才看到高第設計的彩色繽紛如夢如幻的童話世界。彩磚碎片拼嵌成的可愛小屋，彩磚碎片拼嵌成的動物噴泉，更有那四十個羅馬式大石柱支撐著的廣場，波浪式石椅延綿不斷，石椅背上也拼嵌著大塊小塊彩磚碎片。我拿著相機，沿著石椅慢慢觀賞，用鏡頭捕捉椅背上一幅又一幅現代畫。走完一圈，膠卷用完，心中激動之情，難以言喻，且「留予他年說夢痕」吧！

## 走馬看花已難忘，高第一生沒白忙

高第虔誠信主。為了設計聖家大教堂（Sagrada Familia），他曾禁食以淨身，禁食了二十天，已瘦成皮包骨，被朋友從床上扶起。他設計教堂時先想到自然中的大樹，枝枒茂盛，生生不息。教堂的正面象徵耶穌的誕生，大門象徵上主的榮耀，四邊門各象徵信仰、希望、博愛和苦難。圍繞著主塔的十二尖塔（只完成四個）將代表十二門徒。他把對聖家的愛戴，和對自然的親近，繁複錯縱地融合在他的設計中。

高第一生未娶，他五十四歲時放棄生活上奢侈的享受，布衣粗食，隱居在教堂旁的工作中，全心全力投入，一邊設計一邊建造。經費不足時，他甚至拿著帽子，求路人捐助。他就這樣晝夜不分，孜孜不休地工作，工作，直到生命的油燈熄滅。他七十二歲因車禍喪生，半個巴塞隆納的人都為他們深愛的大師哭泣。

我們慕名來到聖家堂，果真不同凡響，說它舉世無雙，絕不為過。雖然離完成之日遙遙無期，已成巴塞隆納不可或缺的

精神標誌。我看到那四個尖塔頂上象徵門徒戴的高高稀奇古怪的聖冠，不禁莞爾。看到那象徵天主的主塔上端雕有常青松柏和和平白鴿，松柏上的紅色十字架閃閃發光，又不禁肅然起敬。他用象徵的設計把他的教堂自然化、神化了，亦莊亦諧。高第用心良苦。

　　我們循著迴旋樓梯一階一階往上爬，時而從窗口往外看，時而從迴廊看四周，時而從天橋朝下望，觸目所見，諸多待完成的建設，不免感嘆生命之短暫。「高第，你應該再活一百年。」

　　只是，對高第這腦筋不停運轉的大藝術家，再活一百年，夠嗎？

　　（高第建築藝術展，一九九八年八月二十日至九月二十日在台北市國立歷史博物館展出。）

# 12. 火的洗禮

　　那是一個尋常的星期日，山上靜悄悄，只有山風吹樹葉的刷刷聲。

　　電話鈴響了，電話那頭兒子的同學琳達說：「你們沒事吧！」

　　「什麼事？」我莫名其妙地問。

　　「電視上說東灣山莊大火，你們不是住在那兒嗎？所以我擔心……」

　　「大火？！」一個箭步衝出門外，迎面一陣悶熱的風，十月的秋老虎總也捨不得離去。我東南西北很快巡視一周，藍的天，綠的樹，黃的草，仍是那熟悉的景致，仍是那熟悉的色彩。還好，沒看見耀眼的紅。

　　正要鬆一口氣，卻見南方天空一片奇怪的雲海，正混沌沌地波動著，翻騰著。風起雲湧嗎？別作文章了，哪裡是雲呢？大火的煙啊！才知不妙，倒抽了一口氣！

　　打開電視，螢幕馬上出現了熊熊火光，正十分起勁地燒著，一幢又一幢房子，一棵又一棵大樹，倒的倒，塌的塌，或消失了。火勢兇猛，勢如破竹以排山倒海的姿態很快淹沒了整片山頭，看得人心直往下沉，沉，沉……

　　起因只是星星之火，但「天不時，地不利，人不和」；天熱

又颱風，地乾樹枯燥，救火員遲來一步。於是，風神牽著火神的手東奔西竄，放肆撒野，所過之處，必夷成平地，毫不留情。

我們雖然距離兩個山頭，但危機四伏，就忙著往車上搬重要文件、相本、字畫……嚴陣以待，隨時準備落荒而逃。幸好，自始至終有驚無險。東灣山莊，依山面水，大樹林立，山風徐徐，山氣清新，放眼望四方，海灣大橋盡收眼底，難怪許多人視而不見「樹乾易著火」的警告牌子。為窮千里目，更上一山頭，一木一石一瓦搭蓋起他們的夢居（Dream House）來，高瞻遠矚豈能不心曠神怡呢！

但「天有不測風雲，人有旦夕禍福」，這老生常談的話應驗了，大火來得突然，又燒了整整二十多小時，三千多戶夢居或倒或塌，或什麼都沒留，或只留煙囪，孤苦零丁在落日的餘暉中鎮守斷壁殘瓦。多少人夢碎了！心碎了！又有多少人默默問蒼天：「我做了什麼壞事？」

電視上，一位年輕的警官濕著眼睛說：「我們才在這新家裡給一歲的兒子過了個生日，好日子才開始……」他說不下去了。

一對白髮老夫婦站在家徒一壁的廢墟前照相：「這將是我們一九九一年的聖誕卡，讓朋友看看我們忙了大輩子的結果。」說完苦笑。

一對夫婦在灰燼中翻翻找找，好不容易挖出一個奇形怪狀的茶壺，兩人像發現寶物般大喜：「還有蓋子呢！」

一位電視攝影師眼看火勢逼近，拿了重要文件、幻燈片……，臨走時又順手拿下一幅中國字軸。「是一個韓國老僧送的，他說這字軸代表好運道，總要隨身帶著才好。」信不信由

你，他的房子躲過了浩劫。

一位太太站在她只剩煙囪的碎瓦中笑說：「我曾問寵物店老闆：『我家地毯上那些橫行霸道的貓蚤如何澈底消除啊？』老闆說：『一點辦法都沒有，除非把房子燒掉才能除去那些要命的蚤子。』他的笑話可應驗了，至少我現在解決了蚤子的問題。」

有位著名的華裔英語女作家才從夏威夷搬回加大教書，她不只損失了一切，半本新著也付諸一炬；還有許多加大的教職員，也都無家可歸了。

一位年輕的醫學院學生因沒車無法逃走，混亂中葬身在火海裡，母親極為悲痛，但悲痛中仍然決定把替她存的學費作為獎學金：「讓另一個孩子完成她做醫生的夢吧！」

一隻燒傷的狗看見主人欲吠不能，主人欲哭不能，人狗相對無語。

小女孩找到她的白貓，喜極大哭。

年輕的男孩救出他坐在輪椅上的母親：「我總希望為媽媽做件特別的事，卻沒想到會是這樣的事……」

五千人痛失了一切，全成了沒有過去的人。多少傷心事，又豈是一紙片字所能道盡！

轉眼，一個多星期過去了，已有不少人說要在原地重建家園：「我愛上這片土地。」

「我愛住在這裡的人。」

「我愛北加州的氣候。」

「我愛上這裡的山水視野和那一抹落日的紅暉。」

才一個多星期，飛機已在死灰槁木的山上播撒野草山花的

種籽。

　　兩個星期後野草會抽新芽，那時又可種松柏和紅木，但千萬別種尤加利樹，火神最愛它。

　　再興土木，考慮必多；防火，防震，防坍塌，馬路須加寬，與樹保持適當距離。

　　也有一些人，從此與山無緣，遷居平地，不與大自然過分親近。

　　但我相信，東灣這片像古羅馬戰場般滿目瘡痍的山頭會再重建，不久又會有簇新的山貌。

　　天災難不倒人的。

# 13. 再見在何時

　　去年母親逝世，我在她留下的一袋泛黃的信件中找到一封信，棕色的、厚厚的信紙，上面端正秀麗的毛筆字，我一看就知是外公寫的。忙不迭讀完它，一個人坐在那兒久久不能平靜。這封在樟木箱默默躺了四十八個寒暑的告別書，終於重見天日。而我，拾得一個寶，也勾引起對外公的許多回憶。

　　外公在信的開頭說：

　　「送永秀、永齡兩孫女伴其母赴台灣有感——
　　……歸來甫兩年，此去何其速。父命不可違，隨母風塵逐。台灣風不可違，隨母風塵逐。台灣風土殊，該地初收復，仍帶扶桑氣，情形別大陸。語言不易通，相處應和睦。島地多風災，常來吹倒屋。氣候尚溫和，周年見果熟。道是古戰場，鄭公曾逐鹿，再見在何時，年月料難卜。」

　　再見在何時？這封信後不久，大陸就對外關閉，我們從此沒再見外公，果如他所說，世事難卜料。

　　記得抗戰勝利後，我們全家決定離開重慶。父親一人去美國圓他的博士夢，母親帶著妹妹和我回到北京暫時投奔外公外婆。

母親要照顧年幼的妹妹和幫助外婆，外公和我就結成一老一小的死黨，同進同出。在那方方的四合院裡，我每天都到他的書房，同他廝磨，向他學習，度過童年愉快的兩年。

北京的小學三年級開始教英文，我到北京上三年級，學校已開了一個月課。我走進教室，英文老師一嘴洋腔洋調，不知所云。我戰戰兢兢坐在第一排，那位穿著灰色長袍道貌岸然的老先生，並沒在意我是後方來的新學生，他就近指著我用洋文問話，我則目瞪舌結，勉強用四川話問：「你說啥呀？」全班聽了哄堂大笑。老師以為我回家沒用功，不分青紅皂白，指著牆角：「那兒站著！」

外公年輕時曾因庚子賠款被送出去留學，所以能說一口廣東英文。他聽到孫女哭訴上課罰站，心疼之餘全力惡補。無奈，這個在學校挨罰的可憐女孩回到家來，卻脫胎換骨神氣活現。外公教英文，不但煞費口舌，還要供應糖果、餅乾……，要什麼給什麼。惡補效果不錯，川娃兒開始說些帶有廣東腔的英文，只是老師聽了，仍然罰她站，因為不符合他北京英文的標準。

每天周旋在二老之間，日子不是很好過。直到一天，我的英文進步到可以在老師面前說北京英文、在外公面前說廣東英文時，我才從牆角解放出來。外公也滿意得笑逐顏開，他一廂情願以為他的廣東英文大獲全勝。

外公喜歡聽說書，逛街時路邊有人說書，他一定駐足恭聽，打發我的辦法總是糖葫蘆，一串又一串。說書的說得起勁，我的糖葫蘆就增加一串。我陪他，他也陪我；星期六他陪我去大華戲院看卡通和莎麗田波，這時他在戲院裡大夢周公，電影散場了，

他也醒了，忙著問：「好看吧？」

老家有三棵棗樹，四棵梨樹。棗樹玉樹臨風，主幹筆挺。棗子成熟時，我們仰著頭看，那些高高掛著的棗子叫人垂涎。外公教大家搖那樹幹，搖呀搖呀，青裡帶紅的棗子，叮叮咚咚地掉下來，打在頭上還有點兒疼。阿姨把棗子用高錳酸鉀泡過洗淨，一家圍坐著，等她慢條斯理一個一個削皮給我們吃。長幼有序，輪到自己吃到一個又甜又香、又脆又爽口的棗子時，已經歷盡「饞相寫在臉上，口水吞進肚裡」的考驗了。棗子吃來不易，所以特別香。直到今天，還記得那脆脆的甜。

至於鴨梨，就不敢領教了。一樹梨就有一樹蟲，吃梨的蟲其貌極其不揚，看了叫人頭皮發麻。母親和阿姨責無旁貸，一隻一隻殲滅。但摘下的梨已千瘡百孔，體無完膚，成了蟲兒口下的剩餘物質。在外公不暴殄天物的推動下，大人們破梨照吃不誤。外公總說：「蟲知道什麼好吃，牠們吃過的特別甜。」我卻無法接受他的說法。

四十幾年一轉眼就過了，我以為外公已被我淡忘，但他又在我記憶中活生活現，音容宛在。猶記得數年前，簡宛來我家，我給她看一些老相片。外公有十位妹妹，七位女兒，他沒有子嗣，卻沒藉口為傳宗接代而娶，他栽培女兒學音樂，學藝術，學數學，學化學，學體育，送她們出國留學……。簡宛聽了感動地說：「在那可以娶三妻四妾、無後為大的年代，你的外公真該受表揚。」

我一直記得她這句話。

# 14. 天上人間

看了《母與女》（*One True Thing*）回來，心中波瀾起伏，久久不能平靜。

想到我「平凡」的母親，她已離開三年了，如她還在，我會對白髮滿頭、老態龍鍾的她說：「媽，其實我很愛您。」一句中國人不大會說的話。

她生前，常聽朋友稱讚她美，她只略笑笑。大概是聽多了，成了耳邊風。我卻忙著為她謙虛：「她年輕時才漂亮。」言下之意她年華已逝，現在說的準是客氣話。有次母親半嗔半怒：「妳不用那麼說。」從此，我改口：「她皮膚很白。」從父親那兒，我學了替她回話的壞習慣。

母親離開這人間世時，她的臉微笑著，滿足又安詳。那天不是七七，否則我會以為她暗中同天上的父親約好鵲橋會了。我沒太悲傷，因為「這一天」，她已久等了。十多年前，父親過世，骨灰越洋安葬在附近一個環境優雅的墳場。常常帶母親掃墓，她獻花後，總會對著父親的骨灰喃喃自語。說些什麼不得而知，只偶爾聽到一句：「多穿衣服，天上很涼。」後來，因她輕度中風，行動受了些許限制，身體不適，其言也哀：「你怎麼還不下來帶我上去？！」這話說了好幾次。

我很少夢到愛我的父親，想是他在天上的日子太忙了。但有

一天，他終於來到我夢中，我夢見他穿著黑呢大衣，筆筆挺挺領著一隊人，他手上拿著一面小紅旗，向我招手：「你也來吧！」我順從地跟著他隨著這些人，慢慢地、默默地一階一階往上爬，爬到某個高度，我朝上望了一眼，恍然大悟他要帶我們去的目的地。我吃驚地說：「那地方我不要去。」他淡淡地說：「你回去吧！」我連翻帶滾跌回地上，醒時一身冷汗。過了不久，母親就走了，不知是不是他那時帶錯人，後來又下來帶母親。母親像是心甘情願跟著他上去了，去李賀筆下「呼龍耕煙種瑤草」的仙境和他慶祝金婚了。

在收拾母親遺物時，忽然掉出一條灰狐狸圍脖。我滿心同情盯著這可憐的小玩意兒，心裡卻聯想到另一條白狐狸圍脖下落不明。是「文革」時被燒了？還是神不知鬼不覺進了一位紅衛兵的口袋中？還是……？時間愈推愈遠，六十多年前吧！父親從英國回來，窮學生省了錢買到兩條狐領，因為先到上海，就在五姨處得意展示他的收穫，並大方地說：「灰狐領送妳，白狐領給妳四姐。」五姨說：「我喜歡白狐，給我吧！」我不知年輕的父親當時是以何種心態改變了他的「灰白」對象。總之，等住在北京的母親拿到她的灰狐領而又得知白狐領落在她五妹手中時，我想父親的日子不會太好過。灰狐永不見天日，灰狐永遠冷伏箱底，即便我這做女兒的也不會冒著生命危險，脖上圍著這傳家寶走在滿布動物保護協會會員的柏克萊街上，招搖過市。

成長過程中，我對母親有很多不諒解的地方。她燕大數學系畢業，又曾是系花，怎能聽父親話「不要拋頭露面去教書」呢？！家裡有傭人，她有的是時間，我心中暗暗批評：「妳怎麼

不像妳那幾位姐妹，在音樂上、在美術上、在科學上努力工作，妳大學時的死黨呢！不是做了中學校長，就是醫院院長……而妳，只不過生了兩個女兒而已。」我忽略了她們在那還是男人至上的社會付出多麼高的代價，而沒沒無聞的母親，卻默默地保住了她的婚姻。

父親被眾星拱月捧著，母親更是把他當太陽唯他是尊。他一舉手、一投足盡在她呵護關愛之中，只是愛的方法不當，反而使被愛的人煩膩，變成了負擔。父親屢現不耐，我們也多半站在他這一邊，尤其在他生命的最後兩個月，躺在床上奄奄一息，滴水不進，母親燉了人參雞湯，每天強迫我灌入他緊閉的雙唇中，無視於怒目的父親無言的抗議。如我拒絕，她會傷心地說：「妳只想到妳美國的家。」這時節，她與父親一生的恩恩怨怨已一筆勾銷。「情到深處無怨尤」，她真做到了。

在美度晚年實非她的心願，她愛她台灣的家，愛台灣的點點滴滴，懷念她在台灣留下的痕跡。她沒想到晚年會連根拔起、遠渡重洋把一生的收集簡化成三個箱子來依親。一向，父親第一，她第二。聽她話的人不在少數，而女兒在美久了，不會唯唯諾諾「你對你對」博她開心，更不會低聲下氣「聽老人言」，即使吃了眼前虧也心甘情願地自作自受。「代溝」於焉而生。

但慢慢地，她也有了些許「入境隨俗」的現象。首先，看電視不一定非中國的不看。她和同住的婆婆（親家）天天看電視上的「輪盤賭」，看到別人中大獎，媽媽、婆婆直拍手，窮開心。在停車場走著，媽媽婆婆指指點點。這車兩萬五，那車一萬八，我聽了十分佩服，因為我從來不知那些紅的、綠的、灰的、土黃

的車子值多少錢。

她又愛聽唱，北加州人才濟濟，音樂會此起彼落，只要我們提議，媽媽婆婆一定說「好」。儘管母親聽覺不靈，甚至自嘲「半個聾子」，她卻樂此不疲。有一次，林豔雲用廣東話唱〈月光光〉，她兩眼發光，輕輕地哼著。聽完走出來，一身舒暢，淡淡的月光灑在她臉上：「她唱得真好，沒想到八十五年前我媽媽唱給我們姐妹聽的兒歌今天會在美國聽到。」

無可諱言，她是位「生活」的忠實信徒。坐八望九高齡，卻從不閒著，還常常埋怨時間不夠用。她燒一手好菜，毛衣一件接一件織，仙人掌、蘭花……，經她「綠拇指」調理，百花齊放。縫衣機運轉不息，除了自做衣褲，還為她那兩個笨手笨腳的女兒縫縫補補。臨上天前幾個月為孫媳婦鉤了件白披肩，又替八字沒一撇的曾孫們織了數條花毛線睡氈。

記憶中，沒聽她說過一個「愛」字，但望著這一條一條花氈、一盆一盆欣欣向榮的植物，和她留在我們血液中對「生活」的熱愛、對周圍人的熱心關注，她的「愛」盡在不言中，非常含蓄，非常永恆。

仰首望蒼天，父親母親，你們在天上做些什麼？

「呼龍耕煙種瑤草」？！還是「呼朋泡茶打四圈」？！

# 15. 石頭記

　　那天乾爽清朗，秋沒去，冬沒來，選這麼一天請朋友來松嵐閣觀賞田原畫石，天也助興。

　　松樹下雜草中亂石正多，有幸被選做松嵐閣「入幕之賓」後又經田原改頭換面者，或立，或坐，或躺，或蹲……，一個個正在接受朋友們的評頭論足。選美乎？選賢乎？比重乎？比小乎？比妙乎？比巧乎？

　　「長眉羅漢活生活現。」

　　「水月觀音閉月羞花。」

　　「白髮仙人正松林明月照，高枕石頭眠。」

　　「母與子親親愛愛。」

　　「降龍羅漢怒目圓睜。」

　　「偷雞賊模賊樣。」

　　「大鬍子彼得光明在望。」

　　「寸高的鍾馗挺拔神氣。」

　　「十二磅重的鯉魚跳不過龍門。」

　　「李太白醉眼眯眯。」

　　「西藏姑娘待字閨中。」

　　「囡囡頭戴虎頭帽。」

　　「大貓小貓捉迷藏。」

……

你一句我一句，你一個我一個……

畫家田原微笑不語，他邊畫邊聽。從感恩節他吃完平生第一
次火雞後就開始畫。不，其實畫石該打三年前在湖南索溪峪開始
算起。那時我們一群從美國、從台灣、從大陸各地去的兒童文學
創作者圍著他蹲在溪邊看他畫，看他畫那些從索溪撿起的漂亮石
頭。他寫了幾十年的字，畫了幾十年的畫，這樣畫石，平生還是
第一遭；但他興致勃勃，全神貫注，不為物小而亂筆。

畫畫容易，畫石難。但朽木尚可雕，亂石亦可畫，石頭當紙
難不倒他。但看他，黑筆畫，銀筆勾，白筆描，灰筆抹，塗紅，
染綠，填黃，加些字，最後金筆勾邊題字，畫龍點睛，一塊千年
老頑石就成仙、成佛、成囡囡、成鯉魚了，真是神來之筆，妙筆
生花。

千里馬當須靠伯樂才能出頭，院裡的石頭呢，我看來看去，
看不出個所以然來，但田原則別具慧眼，把登堂入室高居飯桌之
上的石頭，正看側看，橫過來看倒過來看，上下左右好好端詳打
量，一旦識出模樣時，馬上下筆。他胸有成竹，下筆不亂，一筆
是一筆，一筆跟一筆。石頭凹凸不平，甚至坑坑巴巴。凹的地方
是哪部位，凸的地方可畫什麼，他心裡有數，你別替他著急，半
小時後，怪石就搖身一變，脫胎換骨了。

板橋曾經題石曰：「掃盡浮雲洗畫煙，為君移置案頭前，吃
菸莫漫來敲火，峭角圓時最可嫌。」田原用他特有的「板橋體」
寫了掛在我小小的「百石齋」中，我在裡面藏了面壁的達摩、神
氣的小鍾馗、光明在望的彼得、母子親情、醉酒的李白、長青羅

漢、大貓小貓……，個個讓我愛不忍釋。

有人為醇酒而醉，有人為美色而醉，而我，生無大志，只能為巧石而醉。田原看我真是醉了，就寫了大大一個「醉」字，旁書柳永詞：「衣帶漸寬永不悔，為伊消得人憔悴，乃情醉也。學文學藝藏書集物癡迷其間乃神醉也。人生難得幾回醉，君能領略其中三昧乎？」

來自石頭城的田原終於要回去了，飛機場中他看我癡癡地口不離石，就笑著警告我：「待會兒，我上了飛機，老弟可別拉住飛機尾巴不放，嚷著要我畫你皮包裡的一塊石頭。」

我斜眼看著他：「君何以知道我皮包裡有塊石頭來著？」說罷，從皮包裡掏出一塊小石端端地擺在他面前。

「畫吧！飛機還未開呢！」

不用說，他驚訝得無言以對，乖乖地把小石變成了紅臉白猴。

這樣也好，我用不著「高抬貴手」去拉住飛往石頭城的飛機尾巴不放了。

# 16. 犬子，犬子

　　二十幾年轉眼即過，吾家三犬子肩上雖未長出翅膀，足下卻多出四個輪子來。於是一個外出謀生，一個賃屋而居，一個早出晚歸；當我們和年齡相去不遠的朋友在一起談兒說女時，都十分懷念他（她）們在家的日子。現在，面對空巢，那份牽腸掛肚、噓寒問暖的感情常有無處發揮的感覺，養兒育女的責任暫告一段落，英雄無用武之地，看是該為那份感情另闢出路的時候了。

　　吾家高居山頭，地處郊野。外子屢屢暗示：「養隻狗兒吧！可以看家。」他孩提時曾與狗兒結緣，現在既然到了「記得當時年紀小」的年齡，他的那隻寶貝狗兒子就在他的記憶中出現了，所以養狗的興趣隨年齡劇增。孩子偶爾回家也頻頻要求，他們長大的過程中膝下無狗，心中總覺欠缺了點什麼似的……。理由一簍筐，我聽來聽去依舊硬起心腸，堅持拒絕。年事日增，多一事不如少一事，心不動也，不能動也。

　　但鐵石心腸也禁不起諸男生殷殷期望的折磨，我這個一向不愛做「惡人」的人心就動搖了。後面公園常有人溜狗，我默不作聲暗中觀察起狗兒的英姿來。原來狗兒也燕瘦環肥，我遠遠打量：這隻瘦兮兮，這隻傻兮兮，這隻耳朵太長，這隻尾巴太翹，這隻臉蛋太尖，這隻腿兒太短，毛色或太深，或太淺，過白，過黑，太多斑斑點點……。孩子又送本詳盡介紹狗種的書來，我仔

細拜讀，諸名犬任我品頭論足：這隻老氣橫秋，這隻傻大姐樣，這隻窮兇極惡，這隻嬌嬌滴滴，這隻高不可攀，這隻中看不中用⋯⋯，極盡挑剔之能事。

想當年，吾家三犬子是如何進到這個家門的呢？！迷糊中，醫生把個裹著的嬰兒送到手上，斬鐵斷釘地說：「這個是你的。」就心甘情願地接下了，沒有機會到那嬰兒堆中挑三選四，只有把手中的當寶看了。

這個犬子怎麼如此難產？！家人引頸以待。

終於有那麼一天，天清氣爽，正在路上走著，迎面來了位太太牽著條狗兒，神色自若地在街上徜徉。此狗身材適中，肥瘦得宜，長毛挺挺拔拔，毛色黑灰夾白，尾巴疏鬆浪漫地捲在後頭，眼神炯炯，面孔詼諧，活潑俏皮。牠看見我又蹦又跳，伸著個長舌朝著我笑。我一看，踏破鐵鞋無覓處，此狗正是我所要，有緣有緣，心中大喜。主人驕傲地說：「這種狗叫吉祥（Keyshung），非常顧家，來意不善者，一定會全力地驅之⋯⋯」

「吉祥！吉祥！好狗好狗，正是我想要。」我們去領養了一隻三個月大的吉祥狗，取名「甘比」。小犬子來臨之日，舉家歡騰，笑聲、吠聲此起彼落。

從此，家居不得安寧，犬子入主王宅，稱霸每一個角落，足跡所到之處，可咬就咬，可撕就撕，滿地碎紙、碎木屑。更有甚者，到處留香，我尾追其後，收拾殘局，不勝其苦，暗罵自己：「自討苦吃，活該，活該。」

從此，狗眼撩人，狗味熏人，狗毛拂人，狗膽壯人，狗臉迷

人，狗趣娛人……

　　從此，照相機找到新對象，犬子躍居男主角，從四腳朝天難看的睡態到飛躍半空瀟灑的跳姿全都獵入鏡頭，家人一旁陪襯，屈居配角。

　　從此，帶犬子散步，常聽讚美之詞：「多帥的狗呀！」「可愛的狗呀！」「好一個甜心蜜糖呀！」……。我聽在耳裡，甜在心頭，沒想到犬子也可使主人臉上生光，其樂盡在不言中。我那些看狗就怕的朋友，他們哪能瞭解箇中樂趣呢！

　　從此，和朋友聊天，三句之後，必是狗經，犬子長犬子短，聽得朋友直討饒，並送上哀的美敦書：「閣下滿嘴狗經，語言乏味，孺子不可交也。」

　　但朋友也不乏愛狗者。麗清來訪，居然一見鍾情，開歷史先例，認犬子為乾犬子，引為笑談；安娜看見犬子更是馬上降低身分與高度，蹲坐地上與犬子平起平坐，問長問短。

　　感謝家中諸男生，是他們鍥而不捨地遊說，使我終於誤入養狗歧途，吾家也淪落為「養狗人家」，空巢不再空洞，親子之情也可大大發揮了。

# 17. 一表狗才
## ——阿甘自述

　　慧姐眼中的我，一表狗才，怎看都妙。打我第一天邁進王家家門開始，她對我就一往情深，如有人說我帥，她比我還高興：「慧眼識英雄！有眼光。」

　　所以，她會暗中把我一張四X六的相片，寄給二十號電視台。因為二十號電視台是用狗做片頭的，每天有不同的狗在片頭亮相。那些狗，有不可一世的，有慈眉善目的，有傻頭傻腦的，有老氣橫秋的，有小巧玲瓏的……。

　　相片寄出後，如石沉大海，杳無音信，慧姐不免擔心：「阿甘，我看凶多吉少，你多半落選了。只是我不懂，比你好看的狗鳳毛麟角，比你差的不勝枚舉，你如上鏡，一定可以叫人驚鴻。」

　　「慧姐呀慧姐，落選最好。」我看著慧姐，話到嘴邊又嚥回肚裡，免得她說我「狗話連篇」。其實，我們狗輩從來不要出鋒頭，每天吃喝玩睡，做一隻懶狗，足矣！

　　這樣平安無事過了幾個月，忽然有一天，鬍子郵差送來了電台的邀請函，是模是樣，煞有那麼一回事。

　　「恭喜！甘比被錄取，先要試鏡，請於X月X日時正在二十號電視台準時報到，逾時不候。」

　　慧姐像中了樂透獎般高興，只聽她四處通知：「媽，小犬阿甘要做電視明星了。」

　　「上電視！有沒有報酬？」老媽想把我當搖錢樹了。

　　只聽慧姐說：「哪裡會有報酬，能上電視千載難逢，阿甘也是經過千挑萬選才被挑出，你的三個兒子都沒機會上電視，總算出了個王甘比，替王家爭光。你應該放串鞭炮慶祝慶祝。」

　　老媽沒敢放鞭炮，她怕火神不請自來，但她到處打電話：「我快要做星媽了。」

　　看她那麼得意，我卻一頭霧水，費解的人啊！上電視值得這麼大驚小怪嗎？我真想、真想躲到床底下。

　　當然，這事由不得我作主，那天終於來臨。三部車子，幾乎全部親戚出籠，我說「幾乎」是因為老爸拒絕參加，他說：「這種小事，不必勞動大駕。」

　　二十號電視台大門咿呀一開，走出一位長髮過肩的年輕人，看見眼前這一群人，他瞠目不知所措。「狗，有狗嗎？」我因雞立鶴群，五短身軀被人淹沒。一聽他提狗，我急忙鑽出人堆，擺出一副明星架勢。「你啊！你進來。」他把我牽進去，讓我那些親戚尾隨而入，「我只須兩位幫手，其他人請在一旁不要出聲，免得影響狗的情緒。」

　　這攝影棚簡陋異常，一架巨形大攝影機正對著一張破沙發和一台小電視，那破沙發真叫人倒胃口，大概是經歷過眾狗爺狗娘們的踐踏，又髒又舊。慧姐說好說歹把我推上「寶」座，我只好正襟危坐，渾身不自在。慧姐又把一條紅圍巾往我脖上一繞，乖乖，那圍巾百味雜陳，集眾狗汗味於一巾——我馬上屏住呼吸。

　　大燈照耀下，我的灰毛也生光，四周靜悄悄，我左看看右看看，除了慧姐和攝影師外，其他人不知躲到哪兒去了。慧姐喃喃吩咐什麼，但我聽不進去，心裡想的是這場好戲後，報償是牛骨還是麥餅。

　　強光下心神不定，攝影師一次又一次叫停，我好煩，三番兩次跳下寶座，又被慧姐推了上去。攝影師終於放棄：「這狗，上鏡無望。」我一聽，怒從中來：「小看我了，說我無望，我就要證明我可以上鏡。」這一來，精神集中。慧姐再說：「向前，看！」我就向前看。她說：「向左，看！」我就向左看。只聽：「喀嚓喀嚓」，行啦行啦！

　　攝影師把我們這一夥人送出大門，正好和門口等著的一人帶一犬打個照面，我同情地看了那狗一眼。

　　家有明星，老媽喜上眉梢，請大家吃了頓午飯，而我，居然分到一個大包子。

　　等了一個月，二十號電台螢光幕上，奧克蘭來的王甘比風光地亮相了，前前後後一共十次，每次二十秒，雖驚鴻一瞥，卻頗有看頭，老媽的嘴差不多笑歪了。

# 18. 養子不教誰之過

　　大家一定都記得當年演《養子不教誰之過》的詹姆斯·迪恩，他那頑劣不馴的形象不知風靡了多少人。但我這裡要說的不是那青春偶像，而是我家的寶貝犬子，青春不再而童心猶存的甘比。

　　時間總是過得很快，轉眼七年，當年那毛絨絨的小犬仔已步入中年。人有中年危機，沒想到生於二十世紀的狗輩也不甘示弱。既然步入中年，當然會有危機，這不應該是人類獨享的權利。

　　甘比沉默無言，也從不長吁短嘆，所以牠進入中年的心態是否惶恐不得而知，但牠以行動表示牠不再安於室。剛開始是「灰犬出牆」：我對這毛乎乎、胖嘟嘟的身軀如何跳躍過六呎高籬大惑不解。有天躲在門後，眼睜睜看著牠衝向籬笆，一跳，二跳，三跳，上了籬笆頂端，然後輕鬆地跳進鄰居的院子，從那兒揚長而去。原來「狗急跳牆」是有事實根據的。

　　後來我出去辦事，把牠關在家裡，這房子不小，諒牠不至於有「我好比籠中鳥」的感嘆。但，「汝非犬，焉知犬心！」牠已因見過世面變得一心外向。我一出門，牠就蠢蠢欲動，先琢磨拉門的鎖如何打開，門一開，牠大模大樣走進花草世界東聞西嗅，更穿過車如流水的馬路，找到牠的動物醫院，乖乖地被醫生關進

鐵籠，等待我去領回。

我找了根大木棍好好抵住拉門，牠又轉移目標，尋找漏洞。恰好樓上窗戶大開，牠看了正中下懷，不知天高地厚踩著紗窗乘長風而下。只可惜我不在場，否則搶下「飛犬」鏡頭，送去好萊塢，準保可做《○○七》電影的特技演員。前後兩次有驚無險的「飛犬跳樓」後，所有的窗子都加了木條和鐵欄杆，以為從此可以外出無憂。

不然，我剛出門，牠就啃門，以為靠牠的利齒和百折不撓的毅力，就可把門或窗咬出一大洞來。等我回家，看一地木屑和一地血。門窗千瘡百孔，牠功未成而齒已斷，前爪還受傷，真是慘不忍睹。我看了又是憤怒又是心痛：「犬子犬子，你和誰過不去？」

當年我曾問甘比的爹：「這小仔是否該上學？」他說：「甘比的媽，狗應該自由自在，無拘無束，這才是狗的天性，何必把牠教成中規中矩的狗。」說得也是，難得家裡有個不用交學費的犬子。我們對牠也沒有望子成龍的心理負擔，於是看著牠輕鬆自在地成長，看著牠隨心所欲進進出出（牠的狗門），看著牠慢慢地為所欲為，我行我素……，而我對著那永遠不夠高的籬笆、永遠修補不完的門窗，總是愁眉苦臉，束手無策，每天提心吊膽，長吁短嘆，我哀，我憐，我頭大。

「上學吧！」二媳婦大力鼓動。好，三十六計「學」為上策；上學吧！於是，老媽帶著中年狗，上小學去也。同學多是一歲不到跳著蹦著的小狗，幸好狗毛遮臉，遮住了甘比臉上的魚尾紋。中年的牠看上去，和牠的同學一般年輕。

上了六堂課，拿了一張文憑。甘比的爹看了文憑，語重心長地說：「家裡終於有了個秀才。」這搖身一變成為秀才狗的甘比倒不負眾望，叫牠坐，叫牠躺，叫牠來……，牠都聽命。魚皮、排骨當前，如不准吃，牠可端坐不動，且目不斜視，中規中矩頗有紳士之風。當然，上學後最大的成就在牠終於明瞭人才是一家之主了。

二媳說：「孺子既然可教，應該繼續上學深造。」但我們這平凡人家，有一秀才足矣，至於「舉人」，就不高攀了。

# 19. 犬亦有情

我們全來了，圍繞著阿甘，坐著，站著。

醫生宣布了死訊，許是一個月，也許過不了今宵。

我們吃著烤雞，他也大塊大塊吃。虛弱的他心裡似乎明白，只有這樣吃，好細胞才可能分到一瓢羹。

他看看老爸，一臉蕭穆。他看看老媽，眼中有淚。他看看二哥二姐，在醫生那兒折騰了一天，此刻已是強弩之末，壞消息使他們幾乎崩潰，但還是打起精神把大家找來。他看大哥大姐帶著小BB來，沉重中他們試著說些輕鬆話。只有小BB，不知她的甘比叔叔已不久人世，還尖聲歡叫「Woh-Woh」。他又看小哥小姐忙進忙出，買來一隻又一隻烤雞。

牽著，扶著，抬著，阿甘被擁上他熟悉的Mini Van，我們把他帶回他住了十三年的家。他似乎下了決心要把他的足跡最後一次印在他走過多年的地板上、地毯上、樓梯上、床旁、沙發旁、電視機前……，弱不禁風，四肢無力，但卻意志堅決。他步履維艱，一步一搖地走著這條路，等他半夜三更千辛萬苦悄悄爬上那迴旋樓梯，他已用完了他所有的氣力，等老爸早上醒了，費盡力氣才把他抬下樓來。

最後幾小時，他一動不動趴在地上，看上去平和安詳。老媽和他面對面，正襟危坐，目不轉睛守著他。她心裡明白，愛犬大

限已到，死神正步步逼近，她只有痛苦無助地靠邊站。

似迴光返照，他忽然一躍而起，搖搖晃晃走到院子裡，撲通倒在草地上，嚥下最後一口氣。特別愛他的慧馬上趕來，母女二人，默默流淚。

慧和我坐在院子裡談阿甘的一生。談他為了找我，不知天高地厚，從二樓窗子飛躍而下的驚險鏡頭。談他翻越高籬的神祕行為。談他身穿救生衣在俄國河中用「狗爬式」游泳的憨態。談他有幸和他們小兩口子住進桃樂絲黛開的旅館，後來又有幸穿著燕尾服參加他們的婚禮。談他經常被讚美的堂堂儀表。談他老爸感冒時，他忠心耿耿陪在一側，寸步不離的感人畫面。談他上過電視，星媽比他還得意。談他聽懂的二十幾個中英文字。談「他認為自己，是人乎？是犬乎？」「你說呢？」「你說！」兩人對這永遠得不到答案的問題相對莞爾。

我對慧說：「是你和思，十三年前對我們費盡心機好言遊說，才讓我們成了養犬人家，使我們在空巢中，享盡犬子純純的愛，我們從心底感謝你們。」

慧說：「別謝了，是我們想著要狗，把你們拉扯進來的。阿甘愛人，單純又無私心，他還特別有靈性。你看他，雖已病入膏肓，卻不露病態照常過日子。他等你忙過那些重要事，我也開會回來，才和大家告別，走得乾脆，走得俐落。他這有毛的天使，會永遠活在我們心中。」

# 第二輯

## 《旅遊》

# 20. 撒哈拉的星星客棧

　　去埃及，大家想到的是看金字塔，看神廟，看神殿，看博物館，住四星或五星旅館，坐尼羅河上的遊輪……

　　而我們，多出一個節目。同隊不少人差點忘了我們的埃及之旅有一晚要住在撒哈拉大沙漠，睡在帳篷裡。其實，白紙黑字，說得清清楚楚。但事到臨頭，怕，才上心頭。導遊蘇海偏偏又在這時候加油添醋，戲說什麼附近有獅子之類的話，說者笑得曖昧，聽者半信半疑。而我，這個提議露營的禍首，只盼露營一事順順利利，只是心中不免納悶，沙漠之地何來獅子呢？

　　從開羅開出來，向西走三小時，一路黃土黃沙，連房子都是泥巴顏色。好不容易看到一叢樹，那就是沙漠中的巴哈里亞綠洲。有水就有樹。綠樹雖沒成林，卻也綠意盎然，可以住人了！除了住家外，德國人在這兒開了間旅館，藍白相間。在這全是土色房屋的村落，格外醒目悅目，清心爽神。

　　十部蓋有年矣的日本吉普車，從這裡出發，載著我們這些中國遊客「上路」！我們的埃及司機權威地向第一輛車大聲命令，馬上馬達轟隆轟隆，車輪捲起千堆沙，浩浩蕩蕩，向神祕的大漠駛去。

　　大漠黃沙，愈行愈荒。荒涼卻不單調，不時冷不防地冒出幾個沙丘，乍看還以為是金字塔。上面黑斑點點，據說是鐵。我

們坐在最後一部車上，司機年紀一把，經驗也略高一籌。遠處沙漠忽然出現駱駝商隊，他急忙踩煞車，讓我們隔著骯髒的車窗照相，羨煞其他隊友，因他們的司機不敢冒失地停車。

迂迴地在沙中開著，忽然十部車全停了下來，路邊一牌子，上寫：「此處有紫色水晶石。」沙漠中一塊近五呎高的大石，孤零零立在沙中。外表暗灰，但踮起腳往裡面一看，哇哇……柱狀水晶石在大家眼下發出淡淡紫光，凡人看了凡心大動，從未見過這麼巨大的水晶，隨便撿回一小塊都可做好幾個戒指、掛飾，有些小塊紫晶石在周邊地上若隱若現。知其不可為而為，每人都順手撿拾一兩個，但在出口處的大牌子上，明顯寫著：「水晶石屬於撒哈拉，請勿順手牽羊。」於是又都丟回大桶。想起在開羅博物館看到法老王七呎長的紫色水晶棺，原來水晶來自撒哈拉。別小看這不毛之地，暗藏鐵礦和寶石呢！

繼續往前開，時已近黃昏，薄雲層下夕陽勉強露出微光。忽然眼前一亮，白花花一大片。「雪？」沙漠哪來的雪？原來是白色石垛，此起彼落，模樣各有千秋。暮色灰暗，十部車子，一部追一部，一部跟一部，一部搶先一部，一部落後一部，好像在拍好來塢的沙漠警匪追逐戲。

終於到了，沙漠白石垛中一排藍黃相間的三角帳篷正在等著我們去住。四野靜悄悄，我們這群人，鬧哄哄，帶來了人氣。

有人大聲問：「這是幾星級旅館？」

「晚上數天上星星，就叫星星客棧吧！」我脫口說出。

開始分發，陳家一號，王家二號，李家三號，張家四號……，帳篷一色一樣，上面並無字母，所以全憑數數。半夜三

更出來如廁，回錯帳篷，驚醒睡夢中的人，是會引起雞飛狗跳，甚至嚇出心臟病的。

「廁所在哪裡呀？」有人問。

蘇海指指一花布篷子。是聽雨軒，還是觀瀑樓？只此一間，別無分號。他指指附近的大石，說：「君請便！」

都餓了，嗅到烤羊肉的香味，露天飯廳是埃及花布圍起的一塊地方，地上還鋪著彩色地毯，大家或坐或站，吃起沙漠大餐來。烤小羊肉很嫩，烤雞很香，只是吃完飯，唇齒留沙，還夾雜榨菜味，隊友帶來安撫中國胃的。

滿天星星，又大又亮，提醒大家，離文明遠矣！恭候月亮大駕光臨，唱了許多月亮的歌，月亮知我心，圓圓滿滿地在天上亮相。這月亮怎比美國的大呀？沒帶手電筒的，可有月光可借了。

忽聞咿咿呀呀的琴聲，原來那些埃及大廚、二廚已脫下圍裙，搖身一變成為琴師。三廚拉著我們的手，踩著簡單步子跳了起來。跳了幾圈才回府休息，互道晚安，像兔子般鑽進帳篷。

天沒亮，大地仍一片混沌灰暗，只見一個個黑影從帳篷走出，魑魅般在大石間晃晃悠悠地遊走移動，早起只為了看撒哈拉沙漠的日出。遠方天邊，太陽正在部署，先是一片魚肚白，再塗抹一層淡淡的藍，接著塗一層紫紅。忽然間，眾目期待之下，紅溜溜的太陽滑了出來，大家眼睛為之一亮，此景難得一見，太美了。

沙漠中喝到一杯雀巢咖啡，賓至如歸。我端著熱騰騰的咖啡，察言觀色，帳篷一晚，看大家氣色如何：是慘綠？是蠟黃？是蒼白？還是土灰？正擔心，但見諸隊友有說有笑，一晚獅子沒

有大張口，倒是晨起的隊友獅子大開口，埋怨鄰居鼾聲擾人，鄰居反攻，罵聲、笑聲充塞沙漠天空。如有獅子，準被沙漠中忽來的京片子、上海話、台灣話嚇得落荒而逃

居雖陋，但無車喧之亂耳，無電腦之勞神。在一望無際的茫茫沙海中，遺世獨立。這種難得的經驗，一生一回足矣！且存檔雲外，可以時時回味

別矣！撒哈拉，後會，永無期。

# 21. 江南遊，點點滴滴

## 耐人尋味的蘇州博物館

從獅子林拙政園走進二〇〇六年改建的蘇州博物館，眼前馬上一亮，新館線條簡單，結構明朗，白牆配灰邊，錯落有致，看上去很舒坦。

穿過大堂，走進庭院，面前一小片竹林。竹林那邊是座小亭台，亭台上可以小坐，看看水波蕩漾的小池塘，看看爭食的大紅鯉魚。亭台出來，走上小石橋，看正廳和它的倒影相映，看白蓮中點綴著紅蓮，看一排似山水畫的石山。這玲瓏別致的庭院雖十分現代，卻是傳統典型的蘇州園林形態。許多人像品茶一般慢慢地在裡面徘徊，一步一景的情調，讓人捨不得離開。

人雖多，說話都輕聲細氣，怕驚擾了它，或是他；設計家貝聿銘大師，他的精神無所不在，感動了許多人。他是蘇州人的驕傲，也是中國人的驕傲。今天，世人少有不知I. M. PEI的。

貝大師設計這博物館，本著「不高不大不突出」的原則，傳統和現代和諧粗融。他吸取蘇州兩千五百年形成的特有歷史風貌，民居獨有的神韻，古典園林步移景換的風格，神似而非形似。不同一般粉牆黛瓦，他採用深灰色花崗石「中國黑」做屋面

和牆體邊飾，正方的、三角的、長方的灰邊勾畫出白牆的高低錯落，既清新又雅潔，耐人尋味。

貝大師愛三角形、幾何形與光線，愛用玻璃、鋼鐵結構，「讓光線來做設計」。走進博物館，因屋頂之上立體幾何形狀的玻璃天窗，室內借到大片自然光線，光影變幻，忽明忽暗，產生不同的視覺感受。這位「光線魔術師」靈巧地運用形和光，使他設計的博物館，大白天不須靠日光燈照明。

## 夜遊時光隧道，秦淮河

到了南京，白天看中山陵、總統府，遊玄武湖。

傍晚走進夫子廟，昔日文化氣息宕然無存，也不見脂粉之氣。匆匆走過飛虹橋，感覺上不過又是一座橋罷了，但明清時期，這橋一邊是莘莘學子趕考，一邊是媚人藝妓清歌曼舞，雅俗兩重天。當時，橋那邊，江南貢院是全國數一數二的學院，出了許多狀元，功成名就的有吳承恩、唐伯虎、鄭板橋、吳敬梓、翁同龢等人。橋這邊，藝妓中為人熟知的則有陳圓圓、李香君等。

既來南京，不能免俗，安排了夜遊秦淮河。千年來，這河世治則興，世亂則衰，從秦始皇、六朝、南唐、明、清，直到現在。經歷昌盛、衰敗、荒涼，直到現在的商業繁榮。只有天上那輪月亮，才完整目睹了古往今來長長的變遷。

我們欣逢盛世，可以輕鬆地坐在畫舫上聽秦淮河的歷史。聽著聽著，心裡有點兒涼涼的，感覺有點兒恍惚，腦袋瓜有點兒裝不下那麼多才子佳人的大名。原來這「十里秦淮」哺育了書法家

王羲之、王獻之，畫家顧愷之，詩人王昌齡，山水作家謝靈運等許多許多人。

船經過朱雀橋、烏衣巷，船夫唸著劉禹錫的〈烏衣巷〉：「朱雀橋邊野草花，烏衣巷口夕陽斜。舊時王謝堂前燕，飛入尋常百姓家」。一詩說盡曾住烏衣巷王謝豪門貴族的沒落，風光不再，連住在大宅院的小燕子，也只有遷到普通人家了，聽了心中不免唏噓。

## 超寫實的湖州喜來登旅館

從上海到西塘，西塘到湖州，為的是去看太湖月亮灣上新建的喜來登旅館。

從西塘開過去，剛經過湖州，遠遠就看到它，太湖邊那半圓圈建築。等停下車興沖沖走過去，沒讓大家失望，它的確獨特、耀眼、神氣，超寫實，超有趣，我們沒白來。

北京的馬岩松設計這旅館，突破一般建築多以大方盒為準則的觀念，斗膽挑戰圓形結構。遠看這旅館，像馬蹄鐵，像甜甜圈，像馬桶蓋，不免莞爾。走近一看，迎接我們的是壯觀氣派、高大超凡的建築，不免嘖嘖稱奇。這是可居住的二十七層旅館，這也是可觀賞的圓圈雕塑。「建築是藝術」（architecture is art），這旅館，是看了一眼就忘不了的實用藝術，想起西班牙的高第（Gaudi），他的建築設計也是絕對藝術的。

黃昏時分，紅紅的落日，反射在朝西的玻璃大門上，一連串七八個。這時旅館忽然發出一圈圈的光來，時紅時藍，時紫紅時

金黃，閃閃彩光中，月亮會升起，那，一塊夜空，馬上就會熱鬧起來。湖水不甘寂寞，水旁那兩艘古意盎然的帆船，也將在太湖上緩緩行駛。

離開時，我的心依依不捨，高第設計的藝術建築止步於欣賞，但馬岩松的，可以進住啊！


## 雲和梯田和坑根石寨

去年去雲南看了梯田後，對梯田就情有所鍾，沒想到網上介紹中國二十旅遊景點最後一地是浙江的雲和梯田，我提議去看看。為我們主辦這次江南遊的文正是老上海，他問起朋友，都說從未聽過這梯田，顯然是藏在深山人未識，沒被人潮污染，更讓我心嚮往之。

從杭州開去，整整五小時才到小鎮雲和。小鎮正在建設中，路兩旁堆滿磚瓦、木頭、鋼筋、水泥，凌亂不堪，有礙觀瞻。但別看它亂，這小鎮有話要說：「等著罷，有一天你們會對我刮目相待，我會從五線城市躍升為四線城市，咱浙江，可有錢了。」

在狹窄山路上七拐八彎又開了二十分鐘，終於看到狀如omega的梯田，田中沒水，一眼望去，黃黃一片，看不出層層疊疊，看不出高低錯落，那些柔暢曲折的田埂線條沒水勾畫，若隱若現，似有還無。原來水稻剛割，田中水放了，現在青黃不接，來的時間不對，只能望著枯黃的梯田大嘆一口氣。

雲和梯田蓋有年矣！唐朝已開始挖掘，到元明因附近開發白銀礦，需要種植水稻而大大開發，已有千年歷史。三百年前銀礦

停止開採後，漢人搬離，畬人從廣東潮州遷入，接力漢人，畬人能歌善舞，每年三月三日是他們的傳統節日，載歌載舞外一定要吃烏米飯，所以他們仍繼續耕種梯田。

　　畬人導遊小雷說下一景點是「坑根石寨」，當年因挖銀礦開發雲和梯田而建成的小村落，八百年了。我心正為梯田失望，一聽村名，如此鄉土，精神馬上一振。一路順著石砌台階走下去，小村依山而建，放眼望去，石板山路，石板小橋，石頭堆起來的石牆石舍，這兒也石頭，那兒也石頭，好一座難得一見的石頭村。古村古鎮總讓我著迷，沒想到會在這偏僻山中輕易碰上，暗自歡喜。正東看西看，石階上走下一頭驢子，牠不急不徐，眾團友紛紛躲避，偏偏我發起燒來，對著牠拍照。山階本已不寬，哪容得下驢與我，何況牠背上還有裝貨的鐵架，鐵架對著我壓過來，壓在我胸上，十分疼痛，我用盡全力硬把鐵架推開，才沒造成大傷害，慶幸之餘，不免暗罵自己：「蠢驢！」

## 食文化征服水鄉

　　十多年前，去過周莊，去過烏鎮，去過西塘，小橋流水人家，柳枝傍水搖曳。走在其中，步子慢下半拍，心情悠閒鬆弛。走上一座又一座石拱橋，望著窄窄的水道，偶爾有艘小船，晃晃悠悠地搖了過來，多麼安詳的畫面。家家大門都不起眼，但「庭院深深深幾許」，宅深院小，設計典雅，處處現匠心。大隱隱於市，水鄉多文人墨客。

　　走累了，廊橋上找美人靠坐坐，餓了，找間水邊小餐館，吃

附近河中的魚蝦和農家種的菜蔬。住在那裡的人，平淡安恬地過日子，對我們這些少數外來的遊客視若無睹。

曾幾何時，水鄉風貌全變了，這次我們去了西塘、周莊、七寶古鎮，家家戶戶不是開了小餐館、禮品店，就是開小旅店、歌舞廳。小橋依舊，上面全是人；流水依舊，上面全是船；人家依舊，全改成了商店。人擠人，人碰人，人聲淹埋人，美食招覽人，這也膆膀，那也膆膀，油油亮亮，看得人眼花撩亂，店裡的人對我們頻招手，十分熱絡。

站在人來人往熙熙攘攘的石橋上，小心翼翼地，就怕被人撞到橋下，拿起相機匆忙按下快門：「小橋，流水，船娘，烏篷船」。北京來的好友，捧著個大相機，這是她第一次來水鄉。她說：「想要照水鄉，絕對不能選週末。週一、週二、週三來，人一定少得多；起個大早，照晨曦下上班上學的人。」我說：「別忘了，夜景也迷人。」

但食文化似乎征服了水鄉的生態，活絡絡，亂哄哄，福兮！禍兮！

# 22. 烏魯魯巨石

這塊巨石
前無大山
後無大海
孤零零地躲在沙漠中
明明遠離塵世
卻說它是世界的肚臍

阿南姑人心目中
它是神山
它是山神
他們早早地來了
跌跌爬爬
走出非州
四千年前
或更早

我們也來了
就因為心中有它
不親眼看看會遺憾

顛顛簸簸
從地球那一頭
到地球這一頭

面對面
忽然覺得自己微不足道，
豪石面前的小蟻
挺胸抬頭也沒用
巨大與微小
巨大的會永存
微小的會消失
從地球上

# 23. 慣聽海天閒話

那天清晨，雅典人尚在睡夢中，街道冷冷清清。我們睡眼惺忪趕到機場，坐最早班航機飛到聖托里尼島（Santorini）。

小飛機似曾相識，原來三十多年前在花蓮坐過，二次世界大戰的剩餘物，早該淘汰了，但這是希臘，他們凡事「西加西加」（不急不急），永遠比世界的進步慢半拍。

薄薄的晨霧中，我們安全降落在聖島小機場的小跑道上。我一眼看看見機場旁一堆大石頭，居然有座小白教堂，巧妙地嵌造在正中間，聽說這島上的教堂數不清地多，我們一到就看到一座。我深深吸了口島上沒有被污染的空氣，心中充滿喜悅，想了許多年，終於來了，該不是夢吧！

大凡旅遊，一是用大腦去做知性之旅，行萬里路讀萬卷書；一是用心去做感性之旅，忘憂沉醉在完全陌生的環境中。為了看雅典的巴特農神殿，我孜孜不倦看了不少書，但來聖島我是無備而來，僅帶了顆遊山玩水的心，專心享受這愛琴海上清幽安靜的小島。

「清幽安靜嗎？錯啦！七、八月炎炎夏日，我們這小島人擠人，人碰人，人吵人，人看人，可比你們舊金山熱鬧得多。」

幸好，現在是五月春天。

# 名副其實的火山島

　　白白的費拉城座落於深棕、暗紅、灰黑的土石山坡上，這些土石原來是火山石，而我們正站在火山岩漿層層疊疊堆成的石頭山上。這島，並非擁有一座火山，它本身就是一座不折不扣的火山島。

　　大約三千五百年前，這平靜的世外桃源也曾不安寧，那次轟轟烈烈的火山爆發必是驚天地泣鬼神，把個圓圓的島四分五裂，最後形成大大小小五個島，海嘯更是波及很大一片地方，附近克里特島海邊的幾個村莊都毀滅了。

　　那時島上有人嗎？當然有，人不少呢，但全逃走了，連細軟和家畜都帶走，只是這麼許多人何去何從卻無隻字片紙記載，他們屬於何種文明，更成了後代歷史學家亟欲解開的一個謎。

# 柏拉圖說的亞特蘭提斯古文明

　　柏拉圖在他書中提到曾經輝煌過的亞特蘭提斯（Atlantis）古文明，主要發生在一大一小兩個島上，後來歷史家求證的結果，認定大島是克里特島，小島是聖托里尼島。我們在費拉城博物館看到挖掘出來的古蹟，房舍規劃整齊，街道縱橫有致，壁畫上的女人長髮及腰，衣著薄紗，飄逸典雅。精美陶器上畫的動物、植物更是栩栩如生，展翅飛翔的燕子，蹦出海面的海豚和隨風招展的麥穗。金器、銅器更是精雕細琢，看出來三千五百年前

那裡的人豐衣足食，生活多姿多彩，藝術水準頗高。

## 慣聽海天閒話的人

我們幾個人在費拉城的小胡同、小弄堂、小過道，左拐右轉地閒逛，步移景換，目不暇給。頭頂的天像把大藍傘，腳下的海像塊藍地毯，中間的房子全一視同仁地白，配上一些藍色圓頂教堂，看上去賞心悅目。住在這些白屋子裡的人，每天「慣聽海天閒話」，視野遼闊，空氣清新，他們的心胸是否格外開朗？或是對那藍天藍海，也會有看膩的時候？

一扇掛滿藝術品的門，半掩半開，裡面露出一張玲瓏小桌、二張小巧椅子，關了一個冬天，「蓬門今始為君開」，還真想進去坐坐，喝杯咖啡，看看海景，但沒那閒情，要抓緊時間到處多看看。

下面崖邊一所小學，學生正依山傍水展書讀，山雖不青水卻秀，是讀書的好地方。望過去，海岸線曲曲折折，視野延伸到「天之涯地之角」，從此，愛琴海找到了終身歸宿「地中海」了。

## 伊雅是攝影家的夢鄉

從費拉城開到最北端的伊雅城，路上經過好幾個小鎮，小小藍頂教堂此起彼落，多半是家庭式，遇上婚慶喜慶，客人擠不進去，只有站在外邊觀禮。

　　伊雅城是個水手因發了財蓋起來的小山城，教堂民居或建在岩石上，或鑿進岩石中，或造在岩石旁，參差錯落地和岩石和平共處，並沒喧賓奪主之嫌。房屋雖仍以白為主色，卻巧妙地在門窗、屋簷上動腦筋，門既然漆成深藍，窗何不漆成湖綠？門框既是淡淡的紫，閣樓就漆成淺淺的棕吧！當年那些建築師可真是匠心獨運，把小巧的伊雅裝扮成雅俗共賞的藝術之城，才看一眼，我已難忘。

　　山頭階梯上擠滿了各地來的人，都等著看世界最美的落日；我們這些來自舊金山東灣的人，忘了天天看的美麗落日，也站在那兒傻傻地等，因此錯失在伊雅城小巷中尋幽探勝的機會。終於「落日冉冉向客低」，就忙著打道回費拉城了。

　　一分不捨，二分遺憾，三分思念。想再來伊雅，難難難。

# 24.「江山如此多汽」
## ──黃石公園

一般人，總是關心「天」的千變萬化，歌頌日出日落，讚嘆月的陰晴圓缺，祈求風調雨順，畏懼打雷閃電、大風大雪……，卻很少人提到腳下的「地」。這回來到黃石公園，才發現原來「地」也有話要說。

多年前曾路過黃石公園，短暫停留，看到老忠（old faithful）噴熱汽，雖是驚鴻一瞥，卻難忘它氣勢磅礡的高姿態。一晃三十五年過去了，舊地重遊，深入瞭解這塊土地，才知老忠只是守門神，裡面還有上百大大小小的熱泉，有間歇噴汽（geyser）的，有靜靜儲熱水（hot spring）的，有劈哩啪啦冒著泥泡泡（mud spring）的……。那些間歇泉此起彼落上演著熱氣舞，有的老當益壯，百年不衰，有的歡舞數年就下台一鞠躬，也有消聲匿跡多年，又重返舞台。我看了十分驚訝，何以「江山如此多汽」？

其來有自，原來這一帶的地下石（subterranean rock）是六十萬年前那場空前大火山爆發的產物，它多裂縫，多破口，雨水、雪水自然滲入。地下有天然的水熱系統（hydrothermal system）和抽水系統（pumping system），於是地下水被加熱成汽後，從裂縫破口處抽出。壓力大時，汽可以噴得很高；壓力小

時，噴出的汽就低。水中的矽沉積在出口的壁上，形成天然的矽管（pipe），也是造成出汽順暢的原因。除紐西蘭有一些間歇泉外，黃石公園擁有的最多，所以吸引了全世界的遊客，我也大開眼界。

公園坐滿遊客，我們一家老、中、小十一人也耐心地等候老忠噴汽。十二時二十分，就那麼準，一陣歡呼：「來了，來了。」說時遲那時快，一縷又一縷白汽已搖搖蕩蕩升上天空，在天上和浮雲打了個招呼，就慢慢隨風而去，來也匆匆去也匆匆。正感意猶未盡，公園管理員走過來對我們說：「快去看蜂巢噴泉（beehive geyser），一天才噴一次，給你們碰上了。」我們忙不迭跑過去，果不其然，那像蜂巢的圓錐體上轟隆轟隆冒出氣來，來勢洶洶，勢如破竹，直衝上天，看得十分過癮。正以為今天的好運到此為止，沒想到走上步道沒多久，那獅子（lion geyser）獅性大發，嘩啦啦灑我們一身水珠子。

除了冒著汽的間歇泉，咕嚕嚕冒著泡的泥潭，那些圓的、方的、不規則形狀的溫泉也把這荒涼地帶點綴了起來。溫泉多是藍色，或清澈可見水底枯枝，或半透明莫測高深。其中最大的溫泉叫大光譜（grand prismatic spring），寬處三百碼。因座落在小山丘上，前面看過去，山丘上藍藍一條帶子，上面冒著白白的熱汽。水湧出來，在山丘四面積成淺水灘，裡面長著紅色微生物。放眼看過去，遠方的山呈黑色，中間一條藍水，下面一大片紅，這明明是實景卻給人一種超現實的感覺。因前面看不到溫泉的廬山真面目，我們繞到後面，爬上半山，這才看見它的全貌。藍藍的溫泉躲藏在樹林中，遺世孤立，頗有禪意呢！

又濕又熱的不毛之地，生物能存活嗎？回答是肯定的。那「好熱之徒」叫氰菌（cyano bacteria）。據說和地球最早的微生物可能拉上親戚關係。氰菌多色，墨綠、草黃、絳紫、深紅、金黃、暗棕……，在水中、在地表爭豔，還因季節、陽光、水溫變色。這些肉眼看上去無形無態的微生物不只引蜻蜓、飛蛾等來用餐，也引我這個手拿數碼照相機的觀光客前來享精神宴。試問，去哪兒找這樣一大片紅、一小撮紫、一彎草綠、一抹金黃的自然景觀……，我只要不停按鈕，無意圖圖自成。不揮一筆，不塗一色，一幅又一幅抽象畫，渾然天成。

整整八天，看了十幾處這樣奇妙怪異、似真似幻的熱泉地帶，想揮揮手不帶走一片雲彩都難。心中又愛又怕，愛它地面超脫現實的美，卻怕它地下超乎尋常的動。那大火山，是否永遠安睡不醒？那地下三板塊，你推我擠，能永遠相安無事嗎？「人定勝天」這豪語在黃石公園變得毫無意義。面對大自然可能發生的一切，人力顯得微不足道。只能期望沒發生的永遠不會發生。

看樣子，我還是別「杞人憂天」吧！

# 25. 在金門古戰場、古街道、古民厝徜徉

　　沒來金門，腦中的它總與戰爭聯想在一起。來了金門，眼前的它已是一片太平盛世。

　　金門雖是小島，卻有獨特的地理位置，歷史淵源可追溯到唐朝。唐人開拓，宋人教化，明人文治，清人耀武。每到中國歷史關鍵時刻，它的特有重要地位馬上突出，現在更是匯集閩南、戰地和僑鄉三種特色於一體。

　　我們隨著海外華文女作家會從廈門坐船進入這塊曾經被炮彈轟炸過的土地，親眼目睹大家平和安詳地過日子，不用再為炮彈躲躲藏藏，過去的日子已寫入歷史，未來的日子充滿了希望，心中很為他們高興。

## 古寧頭那場戰爭

　　十萬國軍退守金門，對岸廈門的共軍虎視眈眈。一九四九年一個夜黑月高的晚上，共軍乘登陸艇悄悄地來了，神不知鬼不覺上了岸。國軍發現後，短兵相接，面對面開火，雙方傷亡慘重。共軍想退回登陸艇，卻逢退潮，戰艇擱淺，只有繼續對抗。部分共軍投降，也有兩百左右共軍躲進北山古洋樓，成立作戰部，雙方火網交織，飛彈流竄，激戰三日三夜。

國軍保住金門，我們因此能在台灣安居樂業，讀書出國，過上好日子。現在我站在那立了大功光鮮亮麗的坦克前，心中默默感謝：「開坦克的阿兵哥，你在天上還是在人間？！」

那彈痕累累的北山大洋樓，不修不拆，觸目驚心，卻象徵永恆的光榮勝利。

## 小巧玲瓏，色彩豐富的閩南民厝

孤陋寡聞，從不知金門有古厝。這些閩南古厝別具風格，雖小巧玲瓏，卻多彩多姿。屋脊的設計就有兩種，一是燕尾式的「翹脊」，一是馬背式的「圓脊」。以營建的形制來分，則有一落、二落、三落及護龍、突歸、迴向等。彩繪浮雕屋壁、屋簷滿滿皆是，屋簷出水口不是獅口大開就是龍口大張，總有幾隻動物的頭張大了口。

我們看了已有六百五十餘年的珠山村落，村人全是薛家後裔，昔稱「山兜仔」。村前有一大潭，村後有小山，傳統，樸實，寧靜，秀美。穿梭其中，有四幢連在一起，有獨宅獨院，有二層樓房。屋簷、門窗都畫了圖案畫，色彩奪目，設計獨特別致，看來看去，沒有兩家相同的。

很多古厝都改成了民宿，一眼望進去，客廳布置各有巧妙之處，有趣味，有家味。走進去看，似曾夢中來過，有種賓至如歸的喜悅。民宿主人笑著說：「你們沒車，來住不方便，騎著摩托車的年輕背包客行動自由，才是常客。」

民宿有叫「老爺」，叫「慢漫」，叫「將軍第」，叫「左大

夫」，叫「水調頭」……的，連名字都不俗。

## 水頭村靠航運發達

明代時擁有自己的碼頭，因而有「水頭」之名。自古因航運便利，年輕人去馬來西亞、印尼、新加坡等地經商，賺了錢回來蓋洋樓。一幢幢，古典的迴廊，粗壯的列柱，磚雕牆面，泥塑彩磁，氣派顯耀，雖失去中國風味，卻換來南洋情調。

「有水頭富，無水頭厝」，意即要像水頭一樣，富貴不難，但要擁有富麗堂皇還能適合居住的水頭厝，卻是大不易。

這得月樓建築群中，最高的碉堡鶴立雞群。建於一九三一年，用來警戒防盜匪，是座槍樓。這碉堡牆上的雕飾很藝術，線條很雅致，是打扮過的碉堡，很不一樣。走過黃輝煌洋樓，門外有南洋色彩的方瓷磚拼出的圖案，兩邊外牆則用紅色篆書石刻「壽」、「福」、「祿」三個醒目的大字，中西合璧，獨創一格。

比鄰的蔡宅是主人於印尼經營土產生意，致富後匯款家鄉建蓋而成，工藝巧而細，難得的佳作。

## 到後浦老街走走

我們住在金城，到了老街才知金城古稱「後浦」，唐宋時期就頗具規模，康熙年間這裡還是政經中心，現在是老百姓生活的街道，樓上多已破舊待修，樓下全是商店。

先走過模範街,兩旁紅磚洋樓整齊劃一,鄭成功曾在這兒設兵府,現在樓下也全成了商店。有家「威尼獅飯店」掛了副幽默對聯:「大炮小炮炮打炮,金門廈門門對門。」看了不禁莞爾。

老街上有一華麗壯觀滿是雕飾的邱良功母節孝坊,是平寇大將邱良功之母貞孝守節的事蹟而設。我注意到柱腳的石獅中有一尊披著彩衣的母獅,紅紅藍藍似乎有點不倫不類。非也!看了書才知是「石獅仙姑」,傳說是邱母許氏的化身,是大家的守護神呢!

回到金瑞旅館,時已近黃昏,年輕的徐經理看見素昧平生的我們說:「我帶你們去看金門的日落。」我們十分高興,坐他的車到了海邊。早聽說金門人待客親切熱誠,我們就遇到了。

太陽緩緩地下降,從金到紅,紅得好美,留它不住,終於落入小金門。我們在沿海新修的步道上舒舒服服地走著,隔岸相望的廈門華燈初上,這燈亮了,那燈也亮了,長的,圓的,黃的,白的,紅的,藍的……


## 相片上一首詩

金瑞牆上一張放大的相片吸引我的注意,走過去看,是落日餘暉下華燈初上的廈門遠景,上面居然附了一首詩〈初六日早過後浦莊〉,詩云:

> 秋晚莊邨憇,
> 青山對掩扇。

輕風隨步履，
殘露溫征衣。
水滿菰蒲亂，
田荒鸛雀飛。
欲行還小立，
旅思重依依。

詩人叫丘葵，是宋人，
證明宋人當年的確來過後浦，來過金門。

# 26. 巨石烏魯魯（ULURU）

　　朋友眼中的我，是個石癡。大石小石、奇石怪石都很容易在我心中找到一塊安居之地。

　　既然決定去澳洲，烏魯魯巨石豈容錯過？早已嚮往，知它不僅是石中之王，還被看成世界的肚臍和阿南姑人的神山，若只當它是塊岩石，就大不敬了。從雪黎飛到這阿南姑人之鄉，高空往下看，全是沙漠，渺無人煙。飛了三小時，從小窗中再看下去，忽然看見沙石中冒出一巨石，孤零零屹立在荒郊上，前不依山，後不靠海。「烏魯魯，那就是了。」我大喜。

　　走出飛機，空氣熱浪般撲面而來。大車開進烏魯魯和卡塔丘塔公園，走下車，迎接我們的竟是頗有熱帶情調的度假村，外觀白刷刷、亮爽爽的看上去很舒暢。走進接待室，白牆上掛著阿南姑人點點式的多彩油畫，長廊上鋪著蛇圖騰的鮮豔地毯，感覺馬上不一般，原始，現代，神祕，新奇。

　　黃昏時分，趕去看日落下的巨石西面，人頭攢動，人手一杯雞尾酒，個個臉上洋溢著滿足的笑容，來慶祝這不尋常的機緣！世上有多少人，曾與巨石這般接近呢？看過去，巨石的確氣勢不凡，挺拔神氣。但別看它高大，呈現在人前原來只是它的六分之一，還有六分之五深藏地下，如全部露出地面，不更頂天立地傲視人群了嗎？

太陽緩緩下山，石色開始慢慢變化，變淺棕，變棕紅，變深棕。太陽完全消失後，昏暗中，巨石卻呈暗紫色，我們這才依依不捨地離開。第二天，天沒亮，就又動身去看日出下的巨石。早上的人群，睡眼惺忪等待日出，巨石東面在晨曦中先呈暗紅色。太陽出來了，石色從暗紅變絳紅，最後變棕紅。聽說，巨石含大量的鐵，億萬年來逐漸氧化成紅色的氧化鐵，混上泥土就呈棕紅色了。

小王帶著大家向巨石走過去，遠看是一塊完整巨型石頭，近看卻是由一堆一堆的大石組成，凸凸凹凹，走在小徑上，好像走入大山。石中藏有洞穴，四千年前阿南姑人住在裡面，還在壁上作畫。他們在這兒生活了一段時日，打獵小動物，喝石坑中的水。附近的樹木，他們找出某種樹的樹皮可以消炎治病，某種樹周圍地下有水。他們說母蟒肯妮雅和公蛇里如是他們的祖先，二蛇打來打去，最終造成烏魯魯，有塊大石看上去還真像是個蛇頭呢！

車繞著巨石開了一圈，讓我們近距離地走馬看花。經過一處，石上裝了鐵鍊，可以拉著朝上爬，滿足一些人征服石頭的慾望；但開放以來，造成三十五亡魂，所以現在已關閉。另一處石上畫了許多拜神符號，神祕有趣；但為了尊重阿南姑人的神明，我們手持相機，卻不敢按下快門。

據說原始非洲人萬年前「走出非洲」，一路走走停停數千年，小部分人終於走進了澳洲，他們看見巨石，驚為天神，就在附近安頓了下來，他們是這塊土地的原住民，自稱阿南姑人。數千年後英國的庫克船長發現澳洲，登陸後第一件事就是殘殺這些

手無寸鐵的原住民，搶占他們的土地，和美國的印第安人同樣命運。現在澳洲政府為了彌補祖先的可恥行為，對阿南姑人特別禮遇，每月給他們固定薪金，從旅行團收入的費用，又分給他們社團四分之一。因此，他們不用工作也可過小康生活，所以工作的意願不大，孩子上學也隨心所欲，不積極，不上進。

當年在沙漠中蓋鐵路，引進一批駱駝幫著運送器材，鐵路蓋好，駱駝遣散，在沙漠中繁衍生長，成千成萬的，成了喧賓奪主的惡客，因為牠們專吃沙漠植被的嫩葉，使植被無法達到淨化空氣的目的。除了上萬駱駝，更有上萬野兔和袋鼠。入夜，袋鼠喜出來覓食，牠們看見車燈，不但不躲，反而對著車燈跑過來，常被車壓死或壓傷，車主須幫壓傷的袋鼠結束生命，然後報告地方政府。誰喜歡殺害無辜的袋鼠呢！晚上只好不開車不出門了。

我們這些遠方遊客熙熙攘攘來了又走了，住在這裡的小李、小王可要甘於孤寂、單調、荒涼、乾熱、鳥不生蛋的沙漠生活，但他們已把巨石看成生活的一部分，遠離鬧市，住進綠洲，「心有所依時，沙漠亦可居」。

# 27. 學會和平共存的愛爾蘭、蘇格蘭和英格蘭

曾經驕傲地誇自己「永不落日」的大不列顛帝國，自從大部分殖民地一個接一個獨立自主後，就不再神氣了。當年強大的英國海軍東征西討，霸占的國家除資源可大大利用外，皇親國戚、達官貴人，受不了英國多雨的天氣時，還可去殖民地享受陽光。我們來到這裡後，才深深體會英倫三國那「道是有晴還無晴」捉摸不定的天氣，但一年三百天的雨水換來綠油油的草原，也算上天的補償了。

總記得一位愛爾蘭神父說的一個笑話，他說：「一位愛爾蘭人，一位英格蘭人，一位蘇格蘭人，坐在一起吃飯。湯來了，愛爾蘭人看見湯中有隻蒼蠅，他不在乎，端起碗來，稀哩呼嚕地喝了。英格蘭人看見湯中有隻蒼蠅，不動聲色，把張餐巾蓋在碗上，拒絕喝。蘇格蘭人看見蒼蠅，用手小心翼翼把蒼蠅拿起，抖一抖牠身上沾的湯汁，放在一旁，然後把湯喝了。」小小一個笑話把三國人民性情的不同，微妙點出。

## 曾經是歐州矽谷的都柏林

都柏林，這南愛爾蘭的首都，也曾因電子工業風光了十年，

但終究拚不過中國、印度低價勞工的崛起而走了下坡路。南愛二十六省投票不加入大英聯邦，所以是獨立的國家。

煙台來的地陪說：「歡迎你們來到天涯海角的都柏林。」雖有些誇張，但這城地偏，的確不是遊客常來之地。

在一公園中看到王爾德的雕像，不是高高地站在方台上，也不是端端地坐在位子上，而是斜斜地半躺在一塊大石上，一身彩色休閒服，穿著皮鞋的腿一彎一直，臉上一副看透人世間善與惡的表情，他好像在聆聽：「你們說的話我怎聽不懂呀！」有一團員說：「他也姓王！」我看了他一眼，是開玩笑？還是真沒聽說過這位英國的大劇作家？

我們到三一學院參觀，看到九世紀僧侶們繕寫的福音書和裡面的插畫，《凱爾思聖書》。插畫色彩典雅，線條錯綜複雜，當年僧侶俯案抄寫聖經彩繪插畫，傾全心，盡全力，專門做好這一件事。一位僧侶說：「凝視著知識的牆，我敬畏地以微小的智慧匍匐挑戰。寒暑相推，我終有祛蒙啟智的智慧。」

一八四八年愛爾蘭發生大饑慌，四分之一的人因此出走，流浪到美國、加拿大、澳大利亞。一百五十年來，他們已在這三個國家生根，政界、商界、教育界都有他們的影子。留下沒走的，外出打拚，回城後，第一件事就是要光耀門楣。但高樓的門就那麼點兒大，能做的只是油漆，於是樓房就有紅門、黃門、綠門、藍門，也給這城市增添了些許色彩。

## 貝爾法斯特哀悼「鐵達尼」的亡魂

貝爾法斯特是北愛的省會，北愛六省屬大英聯邦。維多利亞女王曾在此城蓋了富麗堂皇的市政廳，也在此地興學，蓋了古色古香的女王學院。

百年前，H&W是世界第一大造船廠，建造了世界最大的遊輪「鐵達尼號」，不幸出海不久就觸冰山沉船，只有少數頭等、二等艙的人獲救，一千五百七十人死亡，市政廳前有個天使雕像，就是保佑這些亡魂的。

新蓋的鐵達尼紀念館和船一樣高，四個尖尖的船頭對著東南西北四個方向，影射船從北邊啟航，到東邊、南邊接客人，然後向西邊駛去，最後目的地是美國。這別出心裁的龐大四頭船蓋在昔日船公司的舊址上，想是對逝者的懺悔，也是對逝者永遠的懷念。

現在貝城是西線無戰事，看上去一片祥和，同樣信仰上帝的天主教和基督教徒曾經互相殘殺三十多年，最後英政府派軍鎮壓，才平息雙方怒火。政府築了一道象徵性的和平牆，上面也像柏林牆一樣畫滿壁畫，其中一幅抄襲畢卡索的《西班牙戰爭》。有宗教信仰的人不能互容常叫人納悶不解，這些人總認為「我的宗教比你的宗教好，上帝更愛我」，戰爭於焉而生。

## 斜風細雨遊巨人步道

巨人步道是六千萬年前火山爆發的結果，火焰噴發後熔岩冷卻形成一排六角形石柱組成的石牆，看上去好像不是自然現象，而是人工堆砌成的。旁邊小山坡，一片片六角形的石塊繽紛點綴其上，也像人工鋪成。不知火山爆發何以會造成六角形石柱，還排成一排。

曾在電視上看到舟山群島中的南翔島，也是火山爆發後造成的島，島上到處都是六角形石柱。想來中國和愛爾蘭，相距數千哩，卻擁有同樣的地質。

## 又新潮又古老的格拉斯哥

從愛爾蘭渡海到蘇格蘭的格拉斯哥，因海峽多浪，耽誤了看喀爾文・葛羅夫藝廊的時間，只有欣賞它又像教堂又像城堡的獨特外觀，大門上方有格拉斯哥守護神聖孟谷主教的雕像。

格拉斯哥是英國設計與建築之都，格萊斯河兩旁，有像甲蟲的大科學館，有像金蛋的電影院，有像扇貝的歌劇院……，線條流暢，設計時髦。我們何其幸運，住在河旁，我起了個大早，沿著格萊斯河往半圓形吊橋走過去，一路看河對岸，甲蟲、金蛋、BBC廣播公司的倒影清晰可見，我忙著用相機捕捉這難得的鏡頭。

## 穿越蘇格蘭高地

　　橫跨蘇格蘭，從低地駛向高地，天上浮雲瞬息萬變，太陽躲躲藏藏，東邊日出西邊雨，只有草原上的牛羊，看慣這奇怪的天氣，不動聲色地低頭吃草。

　　一路上聽導遊說蘇格蘭和英格蘭之間的恩恩怨怨，論財力，論軍力，論腦力，蘇格蘭人都不是英格蘭人的對手。它地勢窮山惡水，民風純樸頑強，常被英國軍隊打得落花流水，心中常憤憤不平。大詩人羅伯特‧布恩斯（Robert Bunns）因此寫了許多詩，鼓舞意志消沉的蘇格蘭人，所以他是他們的精神支柱，他的銅像和維多利亞女王、夫婿亞伯特親王同立在廣場上。

　　為防禦，這國家建了三千座古堡，我們去了史德林古堡，瑪麗皇后六個月時在此登基，不知登基那天娃娃皇后有沒大哭？瑪麗皇后成長後，美麗動人。那時她的堂姐伊利莎白一世是英國女王，十分能幹。有些大臣暗中鼓動頭腦簡單的瑪麗去推翻暗殺伊利莎白一世，如瑪麗做了女王，這些大臣就可攬權，控制瑪麗。這奪位之舉終究失敗，伊利莎白一世盛怒之下，送瑪麗上了斷頭台。

　　大風中，我們登上了蓋在火山石上的愛丁堡古堡。從未見過這般厚實壯麗的堡壘，當年除了駐軍外，王公大臣也曾住在裡面。瑪麗皇后特意趕回此堡生下詹姆斯一世，後來他先後做了蘇格蘭和英格蘭國王，改號詹姆斯六世。

　　現在皇族全部他遷，軍人不再駐紮，大炮無用武之地，一幢

幢空洞陰森的建築，只有慕名前來瞻仰的遊客穿梭其中。這蘇格蘭進英格蘭最後一個古堡，發生過的戰爭早已煙消灰滅。夕陽西下，遊客一個個離去，門一關，空空的古堡，大風中不動不搖。

總算看到那塊命運石，雖不起眼，卻有千年歷史，是蘇格蘭之聖物和加冕寶石。被英國人奪去放在倫敦西敏寺教堂。一九九六年，伊利莎白二世下令把命運石從倫敦西敏寺教堂鄭重其事地運回，以示友好，但蘇格蘭仍想靠投票方式獨立自主，脫離大英聯邦，這兩國的心結仍在。

從古堡到聖十字宮走的是一哩皇家大道，我們時間不夠，只好遊車河。聖十字宮曾是蘇格蘭女王的官邸，外型舒適典雅，裡面布置具皇室氣派，所以伊利莎白二世仍來此慶祝國家慶典和接待貴賓。

聖十字宮對面是蘇格蘭議會廳，這座非常新潮、充滿創意、別具一格的建築物，曾在國際比賽中得獎。我繞著它走來走去，這有趣的大樓多麼像座藝術宮，很難想像來上班的是一群一板正經的議員，走進這樣一座鋼條、玻璃、石頭組合成的大廈，他們做起事來，會是什麼樣的心情呢？！

## 羅馬人蓋了小城約克

從蘇格蘭進入英格蘭，兩旁景致變溫柔了。經過大湖區，走在英國的鄉間小徑上，看見石頭砌成的房屋，心中有份與世無爭的平和。

從小鄉村來到小古城約克，地陪說：「兩千年前羅馬軍隊來

到這裡，蓋了約克城，後來挪威和丹麥的海盜維京人也來了，占領了兩百年，還有德國⋯⋯，所以我們人種很混雜。」

約克城的大教堂本是天主教堂，十分莊嚴氣派。享利第八因要與沒生兒子的髮妻離婚，好娶安妮為妻，主教不准，他大怒，就下令廢除天主教，改為英國國教。約克大教堂因此成了基督教堂。教堂裡許多彩繪玻璃大窗，畫得十分精彩。

有條本叫「屠夫街」的窄巷子特別有趣，路兩旁的房子，有的是屠夫住家，有的是屠場，有的是賣肉的店⋯⋯，門面寬窄不一，二樓甚至有房間突出和對樓突出的房間靠得十分近，東西可以輕而易舉丟進去。想當年屠夫在這街上殺豬、殺雞、殺鴨、殺魚、殺兔子⋯⋯，大聲討價還價，喧嘩吵鬧，一派市井小市民的生活調調，活生生，鬧哄哄，但街上定是髒兮兮，臭兮兮，讓閒人望而止步。現在街上乾乾淨淨，兩旁小店全是漂亮的禮品衣物，不少遊客正閒閒地逛著。

## 莎翁生在史特拉弗

這小城仍然純樸，莎翁一五六四年出生的房子看上去很一般，但因大文豪在此度過童年而成了觀光客必訪的名居。我更喜歡他岳母那有茅草屋頂的農舍，看上去厚實純樸，是我最喜愛的英國式鄉間茅屋。裡面的木頭家具原汁原味地呈現木頭的紋路，地上鋪的大塊石板凹凸不平，呈現沒加工的石頭的紋路，十分好看，已被人走得光光亮亮。

餐桌擺了餐具，火爐上一個大黑鐵鍋，煮著羊肉和土豆，

莎士比亞來這兒吃飯，一桌子坐滿了人，大家有說有笑，這十八歲的大男孩，情竇初開，他一直看著二十五歲的安妮，想娶她為妻，那是一五八二年。當時誰會想到，這常來訪的毛頭小夥子會成為世界最有名的大文豪呢！

## 牛津劍橋，英國的驕傲

聽到「牛津」這兩個字，心中已生敬意，只能走馬看花似地在古色古香、肅穆莊嚴的大樓中匆匆走過。校園不見學生，正在上課吧！都說牛津是英國政界的搖籃，畢業就有工作等著，但不是每個學生都能順利畢業。這時有個學生騎了輛腳踏車擦身而過，我看著他年輕的背影，默默祝福：「好好念喲！」

我更喜愛劍橋，坐在康河木船上欣賞劍橋兩岸古老的現代校舍，心情馬上輕鬆了起來，很快就愛上這小橋、流水、垂柳的閒散情調。此情此景，怪不得徐志摩會難忘康橋，寫出大家琅琅上口的詩來呢！

穿著畢業服，背後披掛著紅的、綠的、藍的、粉紅的披肩的畢業生，一群群跟著他們的導師，走向操場。這些年輕的天之驕子，不知念了多少年，終於成器，從此出去，預祝一帆風順。

## 巨石，巨石，你們從哪兒來的？

大片青綠草原上，像是平地一聲雷，莫名其妙出現一堆站著、躺著的巨石，環繞而成圓形巨石陣。總叫人納悶，這些怪

石,從哪兒來的?那一族人搬來的?做什麼用?何時搬來?幾千年了?因為沒人能有肯定的答案,就成了一個有許多問號的「謎」。謎就謎吧!神祕更能增加大石的魅力,親臨其境,果真不虛此行。

上千信奉太陽神的嬉皮,每年六月,從世界各地接踵而至,搭帳篷住了下來。早上天沒亮就到巨石邊等候那一線曙光,光一出現,大家載歌載舞,跳呀蹦呀,唱呀叫呀……。信仰自由,本無可厚非,但他們離去時,留在草原上的垃圾,卻是件叫地方政府十分頭大之事。

## 古老倫敦也要時髦

在倫敦,初見面,想知道對方是富,是中產,是貧,只要問對方住在哪一區就知其收入之大概。這裡大廈並不高,外表也不特別氣派,台灣來的地陪卻如數家珍地說:「這四幢海德一號最最昂貴。」

車在市區中開來開去,我特別注意到那些異軍突起的時尚建築。千年倫敦塔和現代化蛋形藍色市政廳隔著泰晤士河遙遙相望。像子彈頭的藍色黃瓜大廈平地升起,鶴立雞群地高出周遭老屋一大截,醒目的玻璃商業廳在老石樓中獨領風騷。奧運還有六十九天,據說那兒正在搭造的倫敦碗,設計考慮到環保,將來可拆了重用。

都說大英博物館收藏豐富,中國寶物尤多。果不其然,那一大廳的中國宋、元、明、清瓷瓶、瓷盆、瓷碗,精美絕倫,圓明

園的寶物怎都落入這館中，看得我們這些中國人啞口無言。鎮館之寶還有幅從石窟壁上硬拆下的敦煌壁畫，不倫不類地掛在光線充足的白牆壁上。英國人對他們祖先不光明搶來的寶物倒有辦法自圓其說：「我們用最好的科學方法調光、調溫、調濕保存這些寶物，免費讓各地來的世人欣賞讚美你們中國的藝術，如我們還給你們，你們能完好保存嗎？」中國應該能，但英國不會還。

　　總在電視上看見女王頭上的皇冠，暗紅色，上面有些東西閃閃發光。這次走進倫敦塔，她以前的王宮，親身目睹那頂皇冠，才知上面豈僅鑲嵌了藍寶石，還有紅寶石、翡翠玉、珍珠……，上面更有顆世界第二大的鑽石，熠熠生光，作工非常精細。

　　看到女王住的白金漢宮，也看了首相住的黑色官邸，二位首要在人民心中的地位是不一樣的，首相花了九牛二虎之力爭來一國之尊的地位，日理萬機，但言行稍有不慎就會挨罵。女王則是輕輕鬆鬆地坐上皇位，她只要做好親善使命，行為不逾矩，維持良好形象，皇室成員能和睦相處，就會被人民愛戴。而女王全做到了，今年正好是她登基六十載，倫敦人已張燈結綵，準備大事慶祝。

　　英國如廢除王室，老百姓心中可能會若有所失，遊客如我，讀王子公主的書長大，在這裡找到那似假還真大人的童話世界。

# 28. 養在深閨人「才」識的貴州

## 難分辨東西南北

我們這些人，走遍世界，偏偏選在耄耋之年，旅遊貴州，實不自量力也。

一個星期在崎嶇不平的山路上走，亦步亦趨，如履薄冰，戰戰兢兢，真箇是地無三尺平。那麼，天無三日晴嗎？非也。貴州把寥寥可數的晴天一股腦子給了我們，天天天晴，我們何其幸運。人呢？！因為旅遊業的發展，雖然起步晚，仍然帶來商機，這最窮的省已多處破土，度假村蓋了好幾幢，高速公路建了不少條。旅遊業造成工作機會，人就不再阮囊羞澀了。

放眼望出去，周邊全是山，不是高山峻嶺，不是丘陵起伏，就是一座又一座不高不低的山，大同小異，綿延不斷，分不出東西南北，識別東西，只有靠日出日落。但，貴州，天無三日晴，太陽不露面，陰雨天，如何分辨東西南北呢？只有說前後左右了。

生活在「八分山，一分水，一分田」的貴州人既謙虛又驕傲地推銷他們的好山好水，在養生意識高漲的世人眼中，這滿山植被放出的陰離子空氣是令人羨慕的，甚至有人建議把好空氣裝成

罐頭賣給那些被霧霾籠罩的城市人呢。走在山間小路上，腳下雖危機四伏，空氣卻可暢懷放心地去深深吸取。

代表貴州有三張名片：一幢房子，一瓶酒，和一棵樹。一幢房子，指的是遵義那幢改變中國命運的重要房子；一瓶酒，指的當然是那產在這裡全國最知名的茅台酒；一棵樹，非亞洲最大的瀑布黃果樹莫屬了。至於食，卻乏善可陳。叫貴州人「三天不吃酸，走路打躥躥」的酸湯魚，卻叫我們「魚湯酸且辣，看見就怕怕」，此魚，實在不敢領教。


## 石頭城天龍屯堡

這是一座明朝因平定邊城之亂，在貴州安順建設的屯田駐防，「三分操備七分種」。當年還從中原移民了大批漢人，來此地幫助開發，改變了西南夷多漢少的局面。由政府按規定分發給土地、種子和農具，種出的穀物除了繳政府的稅糧之外，剩下的山屯田移民自己分配。這次屯田駐防，使西南迎來了真正意義上的第一次大開發，也使貴州因此奠下建省的基礎。

屯堡的建築別具風格，他們的前人大大利用石頭做建材。一戶民宅是一座石頭城堡，一個村莊是一座石頭城。走進村寨，「石頭當瓦蓋」，「石頭堆成牆」，「石頭打地基」，「石頭鋪馬路」，「石頭鑿成缸」……屯堡古鎮就是一個不折不扣的石頭世界，六百年了，看不出時間的磨損。

街上的婦女，穿的依舊是寶藍色的長衣大袖，精緻的花邊體現了江南刺繡的神韻，一雙尖頭的繡花鞋透著屯堡婦女的巧思，

典雅細緻。俗話形容她們說：「頭上一個罩罩，耳上兩個吊吊，身上一個掃掃，腳上兩個撬撬。」說得俏也說得妙！據說帶了一輩子純銀吊吊的老太太，耳洞拉扯得好大，是德高望重的象徵。

屯堡的文化自成一格，它不同於其他漢族文化，又不同於本土少數民族文化。它是相對封閉的明代文化的遺存，在語言，服飾、建築、宗教信仰等方面，保留著、固守著六百年前的夢。

## 黃果樹瀑布在咆哮

進了黃果樹景區，才是一天長征的開始，不走回頭路，只能往前緊跟著。就這樣聽著水聲，看著水流，走那些數不清的階梯，一會兒上一會兒下，看蔓藤繞來繞去，看石林水上坐鎮，看各類植物或長在石上，或冒出水面。我們小心翼翼踏著水上石板，一步一步走，等看到大瀑布，大喜過後，都累垮了。

是明朝的徐霞客發現了黃果樹瀑布，他在書上這樣寫著：「直下者不可以丈數計，搗珠崩玉，飛沫反湧，如煙霧騰空，勢甚雄厲；所謂『珠簾鉤不卷，飛練掛遙峰』，俱不足以擬其壯也。」在他所見的瀑布中，「高峻數倍者有之，而從無此闊而大者」。從那時起，黃果樹瀑布就被人們認為是全國第一大瀑布，現在更認為是亞洲第一大、世界第三大的瀑布。但因養在深閨人未識，在國外，除了中國人，鮮少有人知道。

在看大瀑布之前，我們先穿過天星橋景區，這裡主要觀賞石、樹、水、根的美妙結合，是水上石林變化而成的天然盆景區，而我們就從一盆景穿過一盆景，跨過一盆景進入另一盆景，

左右石林千姿百態，上面植物鬱鬱蔥蔥，有仙人掌、小灌木和各種花草，和水中長出的植物相互呼應。河水悠悠地流過石峰、石壕、石壁、石縫之間，使冰冷的石頭終年綠蔭，展現植物的生生不息。石景、水景、樹景、洞景看得我們目不暇給，又怕看得太歡心，一個不小心掉入水中。

根，也是天星橋的主角之一，到處都有張牙舞爪的榕樹根，一廂情願抱住石頭不放，石頭拿它們沒有辦法，只有任由它們入侵。一條從上面石岩長出的根，掛了下來，搭上下面的岩石，長成了支柱，頂著石的天，立於石的地，沒有泥土，還頑強地不斷茁壯。也有條根像蟒蛇，在水邊蜿蜒幾十尺，更有伸出巨根越河搭上對岸的大石，架成一座根橋。根纏上石，石泡著水，石、根、水互依互靠，難分難解。

水中石塊是天然形成的，稍加人工就形成水上步道，這步道叫「養生步」。一塊石頭是一步，一步是一天，總共三百六十五塊形狀各異的石頭蜿蜒在水中，正好是一年，人人有份。我是一月生的，很快就看到自己的養生步，尚未來得及許願，後面人已踩了上來。倒是生在後面幾個月的，從從容容站在石上照張相許個願，希望有靈性的石頭會讓他們願望實現。

走出盆景區，就走上台階區，上十階下八階，上六階下十階……，一坡又一坡，沒完沒了，大大考驗團員體力。好不容易把台階走完，站上我見過最長的電動扶梯，緩緩帶著大家滑下，這才鬆一口氣。正以為瀑布就在眼前，哪兒有呢？！……，別急，別急，路途尚未走完，同志仍須努力。繼續，繼續，終於聽見瀑布的咆哮聲，疲憊的腳步馬上加快。

　　瀑布在望，看台人擠人，都在找空隙和瀑布合影呢！人人爭先恐後，大聲吆喝，連瀑布的雷鳴都掩蓋不住，人聲鼎沸，水聲轟隆，形成一股蓬勃生氣，充塞天地之間。這就是中國，任何一個景點，就有幾十萬慕名而來的訪客，永遠不愁無人問津。

　　黃果樹瀑布是由白水河從山巒重疊的東北山脈瀉崖，一路水勢洶洶，波浪滔滔。流經黃果樹地段，因河床突然斷落而形成九級瀑布，直落犀牛潭。水流經瀑布後向西繞行一個近似半圓的弧形，到達螺絲灘頭。滿潭為所濺的無數水珠所覆蓋，水珠凝成的水霧在潭面上長年不散，構成一幅大潑墨的水墨畫，煞是好看。據說有時會出現彩虹，嚴寅亮名聯說道：「白水如棉，不用弓彈花自散；紅霞似錦，何須梭織天生成。」我們無緣看到紅霞。

## 超級盆景小七孔

　　從貴陽到荔波，已到貴州與廣西的邊界。在群山環繞的白色旅館住了一晚，第二天大早起來，霧氣瀰漫，但喜見天上棉花似的雲朵，飄浮在淡淡的藍天上，襯托出黑色的山影，天空如此美麗，我們忙不迭，猛按快門。

　　清道光年間，在響水河上蓋了一座青石砌成的七孔拱橋，「小七孔」風景區因此得名。這風景區原始天然，融山、水、林、洞、湖泊和瀑布為一體，響水河貫穿了整個風景區，柔美恬靜的涵碧潭是它，飛流狂瀉的拉雅瀑布是它，潭瀑交錯的六十八級瀑布也是它。它可動可靜，靜時河面幽幽，微波粼粼，動時飛流衝崖而下，咆哮山莊，造成別具特色的瀑布。

走在一塊一塊圓滑的磐石上，下面響水河潺潺地流著，水中岩石上長著喬木和灌木，更多的樹木扎根在河床裡紋絲不動，婆婆娑娑，綠意盎然，四季常青，像是一道一道翡翠屏障。「水在石上淌，樹在水中長」，超級盆景，一個連一個。

看到六十八級跌水瀑布，名字已覺特別。看過去，層層疊疊的瀑布，淙淙嘩嘩傾瀉而下，是一層層形態各異、氣象萬千的動態水景，泉鳴瀑響，給山林帶來虎虎生氣。我們沿著河走，來到拉雅瀑布，嘩啦啦的水，就從路邊瀉下。這樣近距離地親近瀑布還是第一次，拉雅，不客氣地灑人一身沁涼水花。

狗河兩岸懸崖峭壁，形成天然峽谷。我們沿著峪谷，在崎嶇不平的棧道上疾行，峽谷中大大小小的岩石，被青苔覆蓋，青青綠綠，十分醒目，而路上不時遇到從崖上掛下的石柱，千萬別撞上。走著走著，終於來到大岩壁的天生橋，高可參天的天生橋，氣勢雄偉磅礴，被專家譽為「東方凱旋門」。我認為這大自然神力假以時日自然塑造的巨大門洞，看上去，更震撼人心！

## 千戶苗寨吊腳樓

在山路上七轉八彎，終於來到西江，已近黃昏，千家萬戶山邊苗寨，逐漸亮起了燈。隨著天色愈來愈暗，西江千戶苗寨變成了燈的海洋，我住的可愛小旅店，就正對著這片燈海，看得我好興奮。

第二天天剛亮，我就被犬吠、雞鳴、鳥啾吵醒。拉開玻璃門，萬戶千門盡入眼簾，數不清的深棕色吊腳樓櫛比鱗次依山

而建，這畫面，在攝影專集上看過，在google上看過，但親眼目睹，才覺其美，是人造的美，是生活的美。這時炊煙升起，裊裊婷婷，一天，開始了。

西江苗寨是一個保存苗族「原始生態」文化完整的地方，由十餘個自然村寨相連而成，是目前全世界最大的苗族聚居村寨。是領略和認識中國苗族漫長歷史與發展之地。苗人和猶太人一樣，是個苦難的民族，從五千年前祖先蚩尤打了大敗仗後，苗人就不斷南遷，背井離鄉，終於在多次大遷徙後，六百年前，其中的一支西氏族來到西江，當時西江住著苗族賞氏族。西江地名中的「西」指西氏族，「江」通「討」，即西江是西氏族向賞氏族討來的地方，「西江」因此得名。

苗寨的建築以木質的吊腳樓為主，一共三層，底層用於存放生產工具、關養家禽和牲畜、儲存肥料等。第二層用作客廳、堂屋、臥室和廚房；堂屋外側有獨特的美人靠，主要是用來刺繡和休息，是苗族建築的一大特色。第三層主要是用於存放穀物、飼料等。苗寨與周圍的青山綠水和田園風光融為一體，和諧統一，相得益彰，是中華上古居民建築的活化石，在建築學上具有很高的美學價值，反映苗族居民珍惜土地：節約用地的民族心理。

女團員都要當回苗族姑娘，個個穿上繡得精美的苗服，頭戴銀冠，拉起裙腳，俏皮地擺起姿態，嚐到做苗女人的滋味，過把癮。

## 二千多年的古鎮：鎮遠

古書記載，鎮遠古稱「豎眼大田溪洞」，始於秦昭王三十年（西元前二七七年），設縣開始至今已有兩千兩百八十一年的歷史。現在是滇楚鎖鑰，黔東門戶。史書云：「欲據滇楚，必占鎮遠；欲通雲貴，先守鎮遠。地處交通要道，地勢險要，故名。」

這苗族、侗族自治州處於貴州武陵山餘脈的崇山峻嶺之中，是一座古老而又年輕的城市。許多古建築中，以青龍洞最具代表性。佛道儒三個廟成「品」字形靠山而建，氣派恢宏。我們辛苦地走上高高的石階，汗流滿面。它背靠青山，面臨綠水。五步一樓，十步一閣，我們坐在儒廟外的石階上休息，恬靜幽邃，懸崖上掛下長長的的藤蘿是膠股藍，中國藥材。藤蘿下的石頭禪台，古時常有人來說書講道，朱熹也曾來過，而我們坐的台階正是學生聽課的露天教室。

站在古龍洞，高瞻遠矚，好一幅美麗的畫面。鎮遠城一邊是山一邊是水，舞陽河彎彎曲曲地繞城而過，這才瞭解鎮遠地理位置的重要性，它像咽喉，完全掌握了舞陽河的運輸。

第二天去遊舞陽河上游，這是一個高峽平湖，四邊喀斯特山貌。山色水韻風光迷人，山峰如孔雀開屏，瀑布如三疊水。船過處，一灣一畫，一步一景，有些像長江三峽，也有些像桂林的灕江。

這不像是休閒之旅，不像是度假之旅，更不是美食之旅，倒像是一次學習之旅，一次「認識偏遠地區」之旅。活到老學到

老，現在如果有人問起貴州，我也可以慢慢道來，貴州，不再只是一個遙不可及的窮鄉僻壤。它的山水，別有一種情調，讓人回味，它的古鄉古鎮，有歷史痕跡可追溯，它的苗族人、侗族人、布衣人……，依山築屋而居，建築別有特色。

我走出這塊高原地，平平安安，已感慶幸，終於可以說：「我，到過貴州」了。

# 29. 與八國比鄰的新疆

　　由阿爾泰山到天山，由天山到崑崙山，由準噶爾盆地到塔里木盆地，沿著額爾齊斯河，到伊犁河，穿過天山，又遇到塔里木河，這些曾在中學時為考試背得滾瓜爛熟的地名，忽然在數十寒暑後呈現在眼前，既感動，又激動，還有些難以置信。新疆這中國最大的一省，雖然十多年前來過，只是繞了一小圈去了幾個地方而已。

　　這塊比鄰外蒙古、俄羅斯、哈薩克吉斯坦、吉爾吉斯坦、塔吉克斯坦、阿富汗、巴基斯坦、印度的土地，不身臨其境，真不知其如此遼闊；大山川，大盆地，大草原，大戈壁，大河流，大湖泊……，天地有大美而不言。從北疆烏魯木齊到南疆喀什，身臨其境去認識、去體會這塊邊疆土地，車行二十天，也只是走馬看花略知一二而已。

## 五月天山雪，無花只有寒

　　是李白的句子，從烏魯木齊出來，傍著準格爾盆地開，天灰濛濛，遠處天山若隱若現，山頭仍有積雪，終年不化。但坡上的雪融化後流入烏魯木齊河，六月融雪加泥沙沖入河床，水勢如野馬般奔騰，可以載舟也可以覆舟，當年常常造成水災，後來經過

疏導節流才使烏河不再氾濫成災。

　　準格爾盆地一眼望過去，「天山鳥飛絕，萬徑人蹤滅」，久久不見生命的蹤跡。不能想像，當年千軍萬馬曾經在此搶地盤，拚得你死我活。乾隆皇帝御駕親征，平服了準噶爾，征服了西域，從此西域俯首稱臣。

　　九小時後進入阿爾泰山山區，山路開始崎嶇難行，顛顛簸簸，左搖右晃。但看兩邊石山，原始粗獷，雖然石貌猙獰，裡面寶石卻多。滿腦子希望下去尋寶，車子卻不肯停下來，因為目的地是可哥托海。

　　可哥托海，是藍色海灣的意思。曾經藏在深閨人未識，天生麗質，又富含礦石，大象無形，藏而不露。目前已知的一百四十種礦物，這裡有八十六種之多。因翻過山頭就是俄羅斯，當年蘇聯老大哥，以幫助中國為名，在可哥托海挖礦石，非金非銀，而是更貴重的放射性稀有金屬鉍、鈾、鈹、鈮、鉋、鉿鉭、鉰、鉬，運回國發展核武器、發電廠等。等中俄斷交後，他們才停止挖礦，現仍留下三號礦那螺旋大坑，被譽為「英雄礦」、「功勳礦」，因中國自己製造的人造衛星，使用的是可哥托海三號礦地的鉋。

　　我們走入景區，右旁忽見一龐然大石，上方呈尖圓形，似曾相識，原來和優勝美地一些大石很像，可以稱兄道弟。走過吊橋，流水潺潺，空氣清新，讓人心曠神怡，又以為是在優勝美地，迎面來了幾頭駱駝，才醒覺，這是可哥托海啊！

## 美哉喀納斯湖

那晚住宿喀納斯，天剛亮，和瑜琳踏著濛濛晨曦，向名不見地圖的小湖走去。小湖上一層薄薄的水汽，正在水面上悠悠飄過，一波又一波。遠方天際的山頭，忽然出現金紅的邊。把山貌彎彎曲曲勾畫了出來。我們大喜，忙不迭地拍照。兩人興奮地說：「桃花仙境，找到全不費工夫。」心就這樣醺醺的，醉了。

那天開向喀納斯湖，是一養在山間人初識的湖泊，只是慕名而來的絕非只有你我，北京來的八百人十二天遊五省的旅遊團也前來賞湖，和他們熙攘推擠地一起入口，好像打了一場仗一般。

一眼看到湖色，就暗叫一聲：「美啊！」那湖綠得真不一般，在暗綠色的山巒中突顯出來，綠得像調色板精心調出來的顏色，非翠綠，非墨綠，非藍綠，非草綠……只能說是，獨特的湖綠吧！

欲窮千里目，得爬一千台階，上到山頂觀魚台，高處才能看到湖的全貌，綠綠地、靜靜地、與世無爭地蜿蜒扭曲地躺在山中，湖光山色，相互映照。看不出，它最深處可達到將近六百呎，是中國最深的高山淡水湖。

月亮灣位於臥龍灣上游三千呎，迂迴於河谷間，從坡上看下去，正像一彎綠色的新月，十分醒目。湖灣處有兩個小型灘，人稱「神仙的腳印」，也有人說那是成吉思汗西征中所踏，姑且聽之。臥龍灣中還真臥了龍，那小島就像隻恐龍，有頭有尾還有腳，在太陽光下不動聲色地躺著。

喀那斯的主人是圖瓦人，自認是成吉思汗的後裔，只有兩千人左右，主要住在禾木，現歸為蒙古族的一支。這雲間部落，林中百姓長久以來像迷一般地喀那斯生生息息，最新遺傳學研究表明，他們與美洲印第安人有淵源。

## 不宜久留地：五彩灘！

早在書上看到五彩灘色彩斑斕，心嚮往之。但也聽說那裡的蚊子無法無天，於是帶上掛著網子的帽子，頸部圍巾繞幾圈，長袖長褲，把自己密封包裝起來。心想，蚊子小東西，何足擔憂。沒想到成百蚊子不停地隔著網子攻擊頭部臉部，片刻不得安寧。走也匆匆，照相也匆匆，面對奇景，心神變得十分不定。

全是額爾齊斯河惹的蚊禍，碧波蕩漾的額爾齊斯河，卻默默無語，蜿蜒逶迤向西流淌，直奔北冰洋。在這裡它將兩岸風景分割得如此不同，一邊是暗紅、土黃、深棕、淺棕一成不變雅丹地貌的彩石，一邊是夏季青青翠翠生氣勃勃秋季金金黃黃的胡楊木，彼此隔河呼應，相看兩不厭。

這時看見一批攝影專家提著大照相機大步走進來，原來他們是來照落日夕照下的五彩灘，那時彩石顏色最燦爛。離落日大約還有一小時，我們團隊已經被蚊子騷擾得六神無主，正狼狽地逃回車上，無心久留。

## 伊寧和那拉提草原

　　路過大西洋最後一滴眼淚——塞里木湖，這高山湖泊靜悄悄地躺在天山懷包中，與世無爭，湖水清澈乾淨，反射天空的顏色：晴天，水藍藍的；陰天，水則灰灰的。我們遇上晴天，湖水藍得好舒心，大朵白雲躺在湖中。

　　從天上看，每一綠洲就是一城，城周邊常是沙漠或是荒原，伊寧也是建在這樣一片綠洲上。進住伊寧前先去薰衣草園參觀，一眼望去大片紫色薰衣草，還以為到了法國普羅旺斯，而有名的普羅旺斯，只在相片上看過而已。現在在中國的薰衣草園中徜徉，感覺美美的，新奇的，還是第一次接觸薰衣草呢！這十年，中國凡事急起直追，原創也好，山寨也罷，連薰衣草，也不讓法國獨有。

　　從伊寧出來，不久就開上那拉提草原，草地覆蓋在連綿的山坡上，像是給山蓋了綠地毯，綠得濃濃的，看出去，除了綠，還是綠，原來純純的綠也可以這麼震撼視覺。這是高山草原，偶見小屋，稀稀落落，羊兒散落在山坡上。綠草如茵，足夠應付牠們渡過春夏秋，幸福的牧羊人，幸運的羊兒。

## 巴因布魯克高原草場

　　從那拉提草原穿過天山，就來到天山山脈中段的高山間盆地巴因布魯克。四周皆為雪山環抱，海拔約七千五百呎，是中國第

二大草原，僅次於蒙古額爾多斯草原。這裡有水有草，典型的禾草草原。但因土下呎餘處即凍土，所以整個草原找不到一棵樹，據說如果找到一棵樹，有賞。

曾經在俄羅斯伏爾加河流生活了一百四十多年的土爾扈特蒙古部落，由於無法再忍受帝俄的不斷徵兵，決心離開沙皇俄國，返回故鄉。一路上，受到俄軍追擊，遇到嚴寒和瘟疫的襲擊，戰鬥傷亡、疾病加飢餓，人口損失慘重。歷經半年，行萬里路，義無反顧。終於戰勝追殺的沙俄，承受極大的民族犧牲，實現了東歸壯舉，完成一場震撼世界的民族大遷徙。他們在乾隆皇帝賜給的這片高山草原住下，從此以後，世世代代過著幸福的遊牧生活。

舉目望去，黑頭奧巴羊正在草原上吃草，東一群西一群，十分壯觀。我們有幸遇上一群，主人扛了一頭過來，讓我們近距離觀賞。德瑩膽大，抱起一隻，四十磅的肥羊壓得她上氣不接下氣。這些奧巴羊性情溫順，不十分聰明，只要有幾隻聰明的山羊領頭，牠們就乖乖跟在後面。每一群綿羊身上都打了主人記號，藍的、綠的、紅的、黃的……，如走失，會送回主人處，蒙古牧民樂天知命，遵守誠信第一。

巴因布魯克在蒙語中意思是豐富的泉水，以知名的九曲十八彎聞名於世。而九曲十八彎因開都河而來，開都河在不是很平坦的盆地間流竄，造成了草原上蜿蜒縱橫的大小河道與濕地。我們一眼看到綠色草原中白白亮亮的河道，就迷上了它不同凡響的美麗，猶如有人在草原上大筆一揮，走筆龍蛇，看得人莫名奇妙地振奮！

正興奮地照著相，天公忽然不作美，怪風冷雨齊來，大家倉皇逃離。我意猶未盡，心中既遺憾又失落，如此美景只容匆匆一瞥，風雨殺風景啊！後來上google搜尋，原來九曲十八彎最美的是落日，那落日才真叫蕩氣迴腸呢！我們無緣！

## 跨越塔克拉瑪干沙漠

從北疆再一次翻越天山，經過天山峽谷，在花了五年時間艱辛困難蓋出來的獨庫公路上迂迴而行，終於來到本是龜茲古國的庫車，從準噶爾盆地進入塔里木盆地。

從庫車到和田，必須穿越塔克拉瑪干沙漠。塔克拉瑪干沙漠在塔里木盆地中間，是中國最大的沙漠，我不知道該用何種心情去面對這片大沙漠──浪漫的、勇敢的、恐懼的、興奮的……，維吾爾語說，這是「進去出不來的地方」，更說是「死亡之海」，最後，我決定用平常心去面對它。

居然飄著細雨，沙漠罕見。「你們是貴人啊！」小張說。於是我們這兩車貴人就一前一後開進沙漠公路。既來之則安之，望著近處遠處起伏的沙丘，望著可以活三千年的胡楊樹，望著根可以深入丈許的紅柳、梭梭、沙拐棗等，望著路旁連綿不斷的「蘆葦柵欄」和「蘆葦方格」，望著望著，腦中出現許多影像……

千年前，沙漠並不是渺無人煙之地，東部塔里木河尾端的羅布泊，曾經是綠波萬頃，生機無限的大湖，現在全部乾涸，成了沒有一點生命跡象的大鹽漠。原來那裡曾有樓蘭古國，一個曾燦爛繁榮興旺了五六百年的古國，發現的乾屍樓蘭美女在博物館供

奉著。其他挖掘出來的還有尼雅塔馬溝、丹丹烏里克、牛角山佛寺等，又發現小河公主，長髮，長睫毛，高鼻樑，抿著嘴，雖是乾屍，仍可看出她曾是美人胚子。在丹丹烏里克挖出的佛像被稱為西域的蒙娜麗莎，也有不可思議的神祕微笑。

北疆人靠畜牧，生活在大草原上，住簡單的帳篷，常常轉場，從不破壞草原，所以生生不息，一代傳一代。而南疆靠農耕的人，以前很多住在沙漠中河流邊上，伐胡楊木做房造船做桌做床。而胡楊木被砍光之日，也正是沙漠流沙入侵之日，流沙埋沒了河流，埋沒了城池。千年後，只看見枯乾的胡楊木在沙中殘存，為逝去的城市留下淒涼地標。

前面有沙塵暴，兩部車子被攔住，不准前行。看著黃沙漫天飛舞，大家都忐忑不安。繞行小路吧！不知路況如何；冒險前行吧！可能伸手不見五指。難啊！這樣枯坐了一小時，忽然風小了，沙不亂飛舞了，車子才重新發動。從庫車到和田，那天坐了整整十三小時的車，浪漫嗎？！到有一點，因為我在沙漠邊緣撿到一塊黃石，我相信，那是一塊和田玉。


## 和田玉和玉癡皇帝乾隆

大家都聽過絲路，在地圖上清楚地畫出一條，但玉路，卻從未聽過。如果沒有玉路，迷上和田玉的乾隆皇帝又是如何得到他的許多玉石的呢！

乾隆為了平定西域，御駕親征打敗了準噶爾，西域從此無戰事，和田玉石因此源源湧入京城。最大的一塊有五噸重，在玉路

上用百隻馬匹拖著，折騰了三年才抵達紫禁城。乾隆找人畫圖設計，把這塊和田玉中的青玉雕刻成大禹治水圖，前後花了十年時間。器型宏大，氣勢恢宏，雕刻著無比繁複精美的圖案，刻畫大禹治水的情景，既寫實又浪漫，清朝工匠技藝高超。這大禹治水玉山已經是故宮最大最重要的鎮宮之寶，舉世無雙。

和田玉生在海拔九千呎的崑崙山脈山岩中，山路崎嶇車難過，如果找到玉石，都得靠人力搬下山。巨石有時只露出一點點玉貌，暗伏玄機，一刀下去，裡面全是玉，或是只有一小塊玉，就全憑運氣了。一刀窮或是一刀富，這未知數造成賭石的風氣。我看見門旁一塊普通大石，上面露出小塊玉石，正文風不動地等待玉癡來買，我替買者捏一把汗呢。

也有許多崑崙山的玉石，經過自然的地質運動和冰川運動等長期的剝解為大小不等的塊，和田玉碎塊經過雨水、雪水沖刷流入河中，歷經百百年的碰撞沖刷，成了和田玉籽料，玉質緊緻細膩，油脂光澤好。一般有皮色，如慧眼識英雄，能把塊有皮色的玉石浮雕成非常好看的玉飾或擺飾。

## 喀什：綠色瓷磚

在一家傳統的維吾爾餐廳吃了一頓傳統的維吾爾飯，大塊羊肉串一上來就引起同桌的騷動。正廳中間四人樂團又彈又唱，音樂叫「提勒庫依」，訴說喀喇汗王朝苦難的歷史，支配，臣服，逃離，流浪……。看他們四人快樂地唱，並不覺得悲傷，就大口啃起羊肉來。

　　喀什是維吾爾人的大本營，他們喜歡做生意，一般格言是：「誠實才能富裕。」也有格言說：「不要把困難當成重擔，對英雄來說，那輕於鴻毛。」

　　維吾爾女人年輕時苗條漂亮，一旦嫁為人婦，就盡情享受美食，享受生活。丈夫以有一發福的太太為榮，沒有虧待她。一般人都放懷地吃穿和裝飾自己的家，沒有存錢的概念，生不帶來死不帶去，他們做得到。愈老愈花俏，看到胖老太，穿一身鮮紅長裙，頭上包塊綠紗巾，她非赴宴，只是出來買個菜而已。巴紮中的布料也極盡鮮豔之能事，大紅、大紫、大綠、大藍，看得我這漢人兩眼發暈。怪不得漢人與維吾爾人極少通婚，除宗教因素外，生活習俗、人生觀都不同。

　　喀什花了不少錢整修老城，成了觀光好去處。我們正好碰上早上的開門儀式，熱鬧非凡。領頭的定是喀喇汗大王，後來出來一美女是香妃。在老城區中走了一圈，想起他們的一首古詩：「追求長生的人啊！請獨自清高吧！看那松柏，一個個高傲地向著天空，舒展枝葉。」原來，松柏不只是中國詩人墨客的專用語而已。

# 30. 訪埃及武則天

打開電視新聞，常看到埃及動蕩不安，幾年前趕走穆巴拉克，現又逼穆而西下台，憤怒的年輕人揮舞著拳頭，軍人對著穆斯林信徒開槍。可憐的埃及老百姓，他們要的只是一位英明的領袖，過上太平的日子，但，何其難也！

我們二〇〇七年去了埃及，每一想起，心仍震撼。如此氣派壯觀的古老建築，四千多年了，沒有倒的倒，塌的塌，仍然神氣驕傲地展現在我們面前。而現代埃及人多賴旅遊業為生，這些老祖宗留下的莊嚴神廟、神殿、神柱、神像正是他們的財源，世界各地的人都想來看。現在鬧革命，遊客因此駐足，對埃及的經濟打擊必大。

我最初接觸到埃及，是二〇〇五年的十月，舊金山的迪揚美術館以全新的面貌重新開放，我們幸逢其盛，擠在數百人的長龍陣中魚貫而入，想看迪揚的時尚新建築。沒想到門口迎接我們的是埃及女法老王，Hatshepsut，「這名字從未聽過，怎唸呀？」我問弢，他結結巴巴「哈」了一陣，沒哈出來。後面的人也「哈哈哈」的哈不出來，看樣子，我們不是唯一孤陋寡聞的來訪者。

提到克麗奧佩特拉（Cleopetra），人知人曉，她也是女法老王。而這位西元前一四八〇年登基的哈西普舒，卻沒沒無聞。屈指算算，她比克麗奧佩特拉早了一千三百年。我開始好奇，很想

知道在那男權絕對至上的古埃及殿堂，她如何能突破傳統束縛，登上神聖的法老王位，穩穩當當坐在位上二十年左右。

在迪揚專門展覽女王遺物的房間，只見大型女王花崗石雕塑，或站或坐或跪，雖都是殘石碎片拼湊修復的作品，但看上去女王依然神聖不可侵犯。充滿陽剛氣質的石雕雖然給人威權高高在上的感覺，但我仍從她眼睛、鼻樑、嘴唇上看出她女性的溫柔本色。雕塑家即使遵命為她的雕像頭上加了假髮、下巴加了假鬍，但他們很難改頭換面。那氣勢不凡的獅身人面雕塑，獅身雄偉，人面卻依舊秀麗端莊。

自從和女王見過一面，我就更想去埃及了。所以，到達埃及的盧克索，第一件事就是走訪德爾巴哈里（Deir el Bahari）的「至聖聖地」。遠遠看過去，平地升起一片淡棕色的山崖，而女王的墓殿，遺世孤立地造在嶙峋怪石正中間。約三千五百年前，女王看中這地方蓋造她神聖的升天之所，顯然取其雅靜清幽。後背有奇山可靠，前面有遼闊的平原可望，看上去風水很好，是塊可以安心進入天堂之地。

導遊蘇海說，聖殿是三層建築物，一層一層往山崖裡推進，最後一層深入岩石中，結構緊密，刻畫周到。正前方一系列二十九根方柱子，橫向排開，柱高為柱寬的五倍，柱與柱間的寬度是柱寬的兩倍，使柱廊光線充足，莊重而不刻板。殿內布滿了圓雕、浮雕和記載女王一生事蹟的鮮豔壁畫，現都已因遭到人為故意的大破壞而面目全非。女王啊女王，誰那麼恨你呢？！

比起埃及一般神廟聖殿金字塔咄咄逼人的厚實沉重、莊嚴誇大的風格，女王墓殿看上去精簡大方，殿前一排白柱子整齊清

爽，說它是二十世紀的現代建築也不為過。但這是三千五百年前的傑作，在那沒有科技資訊的年代，誰的設計這般原創、這般超脫？！我很好奇，這建築家是何許人？曾經是開羅大學歷史教授的蘇海說：「他是桑姆特，女王手下的大臣兼建築師，他深深愛戀著女王，絞盡腦汁、費盡心思為她設計這墓殿，把對她的愛都發揮在設計這美觀大方的墓殿上。女王回報他的方式是允許他在帝王谷為自己蓋一墓堂，在當時，對平民桑姆特來說，是殊榮了。」這淒美的愛情故事，知道的人一定寥寥無幾。

哈西普舒的父親是法老王圖特默斯一世，為了保住皇家血統，他要女兒嫁給同父異母的哥哥。一世去世後，哥哥兼丈夫登基為圖特默斯二世。這二世不爭氣，不但無能，還體弱多病，能幹聰慧的她自然而然佐君參政。他們之間育有一女，後來二世與妾又生下一子。二世在位沒幾年就過世了，繼子年幼，哈西普舒名正言順垂簾聽政，大概因為權力受到限制，無法發揮，她想當法老王，高高在上才能施展皇威呀！

找什麼理由呢？！心生一計，何不給自己編織一神話呢？！就宣布她其實是太陽神阿蒙拉託母親為他生下的女兒。她，阿蒙拉之女，可非一般常人，有尊貴的神性。大祭司們聽信了她的神話，就把她送上法老王的寶座。這段神蹟，她命藝匠浮雕在她墓殿的牆上。

當上女王，她並沒有東征西討，但她和附近的非洲國家建立起貿易活動，從壁畫上可以看出馬上馱的種種貨品。她最大的興趣其實是建設，她不遺餘力搭蓋新的，修復舊的，加建原有的廟宇，她還大手筆造了兩座方尖碑。但她一生最驕傲的傑作還是桑

姆特為她設計的這座墓殿，三千五百年後世人仍津津樂道。

我們坐上電瓶車，在荷槍實彈的警察保衛下來到女王墓殿。經過廊柱，走過拱門，進到第一層庭院。院內冷冷清清，空空如也，壁畫、浮雕模糊不清。而第二層、第三層都封閉待修，謝絕參觀。我們走馬看花轉了一圈，心中不免惆悵。想當年，這滿院的女王雕塑，滿牆精細浮雕、精彩壁畫的聖殿被她繼子圖特默斯三世派人來澈底的大事破壞，把雕塑丟入附近採石場，壁上浮雕、壁畫用石器刮除，她用象形文字寫的名字更是用力刮去。最狠毒的是，他把女王的木乃尹叫人搬走，下落不明。他更恨屋及鳥，把桑姆特的木乃尹也搬走了。「魂兮魂兮，二人何日才能進天堂呢？」

其實，繼子成人那天，女王已拱手讓位給他，他成了圖特默斯三世，女王從此退隱，不再過問政事。三世勇猛善戰，努力擴大疆土，使埃及進入全盛時期，史稱他「埃及的拿破崙」。

但這位埃及的拿破崙對繼母不擇手段當上女法老王一事頗不以為然，她過世後，他就要把這段他認為不足為外人道的醜事從埃及歷史上除去，使女王名不見經傳，女王事蹟因此沉寂了三千多年。一直到十八世紀，有人去採石場採石，搬出許多身首異處的花崗石雕塑。「是那位法老王的？」這驚人的消息一傳出，各地考古學家紛至沓來，考證啊！開會啊！討論啊！爭辯啊！……終於決定這雕塑屬於女法老王哈西普舒。這之前，他們從許多墓壁畫上抽絲剝繭地研討，已肯定女王的存在了。

蘇海說，女王治國，讚賞她的人說她勤政愛民，排斥她的人說她專橫跋扈。我問他：「你聽過中國的武則天嗎？她們有相

同的地方，在男權至高無上的世界居然給自己戴上皇冠，穿上皇袍，多有魄力和勇氣！」他回說：「武則天？從沒聽過！」

我想起武則天的無字碑，空白一片。「你們後世人，對我的評價，是功是過，隨意！」

女王的木乃尹近年終於被找到，又引起一陣轟動，科學家、歷史學家齊聚一堂，十分興奮。哈西普舒在地下室中委屈了三千多年的靈魂，終於可以升天了。

「你們後世人，對我的評價，是功是過，隨意！」

# 31. 索溪峪的一天

　　那晚山中一陣奇風，跟著雨就落下來了；淅淅瀝瀝，淅淅瀝瀝……，下得我們的心直往下沉……

　　索溪峪啊！我們從那麼遙遠的地方，帶著一顆顆朝拜大自然奇山異景的心情來湘西尋幽探勝，你不能躲在雨中不露面，冷落我們這群遊子。

　　你也不忍吧！

　　果真蒼天同情我們，第二天清晨，雨就停了，停得勉勉強強，停得蒼蒼白白，但我們已滿心歡喜，幾乎要雀躍歡呼了。

　　在那灰白的天空下，我們開始穿山而行。走沒多遠，就碰到一群猴子，於是餵瓜子的餵瓜子，餵餅乾的餵餅乾。人猴打成一片。我一面忙著照相，一面想著昨晚上海作家峻青用他那山東話告訴我猴哥的故事，不禁莞爾；回過頭找他，已不見蹤影，原來他去找那位會說猴話的朋友了。

　　在清幽幽的山徑上走走停停，尋尋覓覓，我們這群從事兒童文學寫作的朋友像一條長龍般前呼後應，走了將近二個小時總算摸索到了索溪邊。聽著淙淙潺潺的流水，望著鬱鬱蒼蒼的青山，心中豁然開朗，清新的空氣濾淨凡人的雜念，紅塵俗事也都拋諸腦後，真可羽化而登仙了。

　　且慢且慢，羽化登仙的時機尚未成熟，還是騎匹馬兒，走馬

看山吧！朋友們一個個跨上湖南山馬，英姿挺拔，顧盼自雄，使我們這些步行者，瞬間矮半截。

也騎上匹山馬。據說這匹山馬曾演過《天山俠侶傳》之類的武俠片，還跑過冠軍，不得不另眼相待。沾馬兒的光。

騎馬漫步山間小徑，別有一番滋味。只可惜拔地而起的奇峰怪石，層層疊疊，深伏在迷濛的香霧中，虛無縹緲，迷幻飄忽，時隱時現，任憑我們心中千呼百喚，它們就是不出來讓你看個透徹。那層薄紗，遮住了奇山真面目；說它們像獅，像鷹，像睡美人，像壽星，儘管形容，我們只能閉著眼睛憑空想像。

回去的路上，馬隊走進了索溪，在溪流石頭中迂迴而行，時而水深及馬膝，時而水淺蓋馬蹄，我們搖搖晃晃提心吊膽坐在馬鞍上，任馬兒領著我們涉水徜徉。

不久，溪流轉急，馬步不穩，我們跨下馬鞍，改乘木船，渡過急流。這時馬兒已揚長而去，我們只有安步當車，自自在在地在索溪中踏石涉水而行。

山石在水中熠熠閃閃，引發眾人拾石之趣。你一塊我一塊；紫紅、暗黃、淺灰……，有紋路的、平滑的、凹凸不平的、奇形怪狀的……，只是這些出水石頭，陽光一曬就失去了光澤，灰暗土黃。正想棄之路邊，南京來的書畫家田原卻拿起畫筆，在小石上作起畫來。一石一老僧，一石一仙鶴，一石瘦猢猻，一石傻姑娘……大家把他團團圍住，看他妙筆生花，把凡石變成了寶石。

天色漸淡，雲層更低，但那遠方的田舍仍在向我們召喚。雖然人已疲乏，卻忍不住涉水走過去看看。暮色中，黑棕屋頂農舍背山面水，只見遠處峰巒層層疊疊，此起彼落，周遭田園油油綠

綠，層次分明。

我們在田埂上碰到一位老農，我說：「這地方真好嘞！」

他笑得一臉天真，一臉燦爛，一臉善良。「是啊！我的叔叔剛從台灣來看我們，他好喜歡嘞！」他用湖南話說。

這樣一塊山清水碧的好地方，誰不喜歡呢？！

我一定要再來，希望那時候這些嵯峨起伏的石峰秀巒能從雲霧中笑臉相迎。

希望我們相看兩不厭。

# 32. 不再陌生的西西里

當曾點發出去義大利南部的西西里，還有克羅西亞的旅遊通知時，我一口答應。西西里，這好像十分熟悉卻又完全陌生的大島，我對它的歷史文化真是一無所知。因忙，也沒有時間鑽研。所以，走進西西里，我帶著的是一張白紙；五天後離開，白紙已寫滿黑字。原來，西西里不只是黑手黨橫行霸道之處，它的歷史文化，遺留下的世界遺產，相當可觀呢！

## 且看它的民族來歷

西元前，先是北非的迦太基人來此無人荒島上開墾，種植，貿易；後來希臘人登陸，在此島大興土木，大舉建設，把它當成了殖民地，前後約五百年；但好景不能永在，羅馬人大軍入侵，打得希臘人落荒而逃。羅馬人統治西西里後，也大蓋神殿、鬥獸場、娛樂所……，更恢復奴隸制度，民怨四起。百年後羅馬人逐漸衰落，拜占庭人趁機而入，帶進天主教，開始大蓋天主教堂；此時阿拉伯伊斯蘭教徒也進來了，排擠拜占庭人。

這段時期，雖然宗教藝術、哲學、科學都在發展，政治卻因群龍無首，十分混亂。一一三九年，德國大軍驅走拜占庭和阿拉伯勢利，在西西里稱帝。鞏固經濟之外，還發展醫學、天文學，

更在好幾個城市大蓋教堂。德國統治約百年，因後繼無人，就拱手讓給了法國。法王無能，宮裡宮外一團亂糟糟，西西里人受不了，偷偷請求西班牙人趕走了法國人。

不知是否引狼入室，西班牙人只與高官、富人打交道，坐享榮華，對貧民窮人視而不見，引起人民不滿。一七一三年，西西里又被奧地利王室接管統治。這時民眾已不再安於現狀，不再任由列強分割統治，經過一連串革命運動，一八六〇年，終於歸順義大利，成為義大利一省。

我好奇，問西西里地陪維也娜：「那麼，你們西西里人是不是混合了許多民族的血液。」

她拉下一束頭髮，說：「看，一半米黃，一半深棕，不知從哪兒來的。我從不問爺爺奶奶他們的祖先是何種人，他們一定說不清楚，太複雜了。」

導遊米拉一旁說：「我們義大利人聽了融入各種語言的西西里話總是一頭霧水，太難懂啦！」


## 希臘人找到一片樂土

二千五百年前，希臘人在一次地中海上航行時發現西西里。登陸後看見島上稀稀落落只住了些手無寸鐵的農民，大喜過望，馬上移民來此擇地蓋城。大興土木，大事建設，把西西里開拓成第二故鄉，也把西西里當成了殖民地。

我們漫步在神廟谷（Vally of temples）的大片泥土上，一座座神廟或只剩幾根大柱，或柱半斷、壁半塌，但也有形如雅典巴

特農神廟者，結構尚稱完美，根根大柱不離不棄，整齊劃一，形成長方殿堂。歲月對這宙斯神殿十分寬容，或許還可讓它再矗立千年呢！現代波蘭雕塑家把他青銅鑄造的大型古希臘人頭像安裝在神廟前面，於是，現代藝人、古代建築，隔著兩千多年歷史長河，相映成趣。

每到一處，希臘人必蓋建圓形劇場，大可容三萬人。現代人仍每年在此上演希臘悲劇，吸引上萬觀眾。想當年，王公貴族坐前面，女人坐後面高處，女人的地位定是卑微的。我們這些遊客，踩在古人腳印上，在斷壁殘垣中穿梭。時間如倒流兩千年，還可和穿著白袍子、涼鞋的希臘人擦身而過——吃喝玩樂會不會使他們腦滿腸肥？榮華富貴會不會使他們懶散鬆懈？我想警告他們：「羅馬人快來了！」卻沒人理我。

## 羅馬人真來了

果不其然，當希臘人沉湎於歡樂的生活中時，羅馬大軍已從羅馬城悄悄南下，神不知鬼不覺來到希臘人面前。希臘人驚荒失措。一山容不下二虎，羅馬大軍為了獨霸西西里，把希臘人打得落花流水。希臘人只好拱手讓出大片土地，低聲下氣退居一隅，或逃回希臘本土。得勢的羅馬人，也大興土木，大蓋阿波羅神廟、殿堂、鬥獸劇場⋯⋯，生活極盡奢靡，還恢復奴隸制度，更濫殺無辜，有名的數理科學家阿基米德（Archimedes，西元前二八七至前二一二年）也被殺害。強權淫威之下，人民敢怒不敢言。

　　我們參觀了一殘塌的豪華大廈，牆上、地上的馬賽克畫仍栩栩如繪：能辨識打獵的勇士，或手擒猛獸，或箭射麋鹿，或與不知名怪獸追逐……，充分展現富人打獵的閒情逸趣；更有一處，十位穿著三點式泳裝的高挑美女在打球，贏的一位戴著桂冠，旁邊一位裁判，披著的衣服還是透明的。這些馬賽克作品，其技藝的確高人一等。

　　那天去看阿波羅神廟，我心裡沒做好準備，以為會看到一座巍巍然雄偉壯麗的大殿。等我走到神廟邊上，放眼望過去，看見面前一高一低兩塊破牆——「那就是了！」一時傻住，啞然失笑，這世界文化遺產可真叫人失望。但當年這一帶曾發生強大地震，要保住他自己的神廟，眾神之王阿波羅也無能力啊！

　　霸氣的羅馬人日漸衰落，拜占庭人就進來了，他們帶進天主教。不久，阿拉伯人也進來，除了伊斯蘭教外，還帶進棗樹和檸檬樹等農作物。

## 德國人是來做皇帝的

　　拜占庭人、阿拉伯人忙著發展宗教、建築、文學藝術，政治少人問津，所以西西里陷入黑暗時期。正好給德國人一個好機會，輕而易舉就奪下西西里。羅傑自封為王，從羅傑二世到孫子威廉二世，約一百年時間，不遺餘力發展經濟，引進醫學，研討天文學，更四處建設等。威廉二世時代，西西里一片欣欣向榮。

　　我們走進威廉二世蓋建的天主大教堂，一進堂就看見高高在天花板上的耶穌像低望著我，不管我走到哪邊，祂都對著我看。

這是藝人用馬賽克鑲嵌出來的大幅耶穌像，我好奇他如何使耶穌的眼神如此活絡生動，神力乎？人力乎？

壁上、柱上全是訴說聖經故事的精緻馬賽克畫，定是受拜占庭的影響；但拱門卻十分阿拉伯，天花板又不折不扣是摩爾式的木製結構。這樣七拼八湊的多元化教堂，還真別具一格。我好像看到拜占庭、阿拉伯、德國的藝人工匠肩並肩地一起工作。

## 西西里，我不再陌生

坐渡船離開西西里海港美西納（Messina，又譯墨西拿），駛向義大利。偉光指著美西納城對我們說：「二次世界末期，德軍占領此城。英美聯軍從南部海灘蓋拉偷偷登陸，然後美巴頓將軍從南而上，英蒙哥馬利將軍從北而上，兩軍夾攻德軍，把想撤回義大利的德軍澈底消滅。城也夷平，只剩下那座灰灰的建築而已。」現在的美西納城，大片房舍櫛比鱗次，戰爭的恐怖早成歷史了。

現在，提起西西里，我會想到一路上看到的各色各樣的野花，想到大片大片白色塑膠做成的人工農場，想到年約四百歲杏仁樹的粗花樹幹，想到驚鴻一瞥的濱海小城奇佛利，想到七彎八拐的美麗山城泰若米拉，想到希臘人、羅馬人、拜占庭人、阿拉伯人、德國人、法國人、西班牙人、奧地利人……，他們都算得上是百姓的老祖先……。西西里，對我來說，已不再是一個空洞陌生的地名了。

# 33. 石頭城記
## ——土耳其的卡波竇西亞區

　　夜色朦朧，半個月亮尚在空中徜徉，我們這四個遊子忽然被一種如歌如訴、婉轉低迴的聲音喚醒，剎那間幾乎不知身在何處，眼睜睜看著天花板，才想起在到土耳其的飛機上，一位土耳其女人曾經告訴我們：「天沒亮，你們會被清真寺的喚文吵醒……」

　　原來清真寺正用擴音器向全城市的信徒呼喚，近處，遠處，此起彼落的聲音唱著、道著：「來呀！不管你是何許何樣的人，來呀！來呀！我們的清真寺不是喪氣之所，你即使犯了一百次錯，我們還是歡迎你來……」在這呼喚聲中，我們開始了土耳其之行的第一天。

　　我們沒在擁擠的首都安哥拉久留，馬上租了車直駛卡波竇西亞區。公路上車輛不多，路兩旁廣闊的原野，偶爾有稀落疏散的竹籬茅舍點綴其中，風吹草動下一波又一波的綿羊群不時在眼前、在天邊出現。愈行愈遠，也愈行愈荒；原野逐漸改變了色彩，從墨綠到草黃，從草黃到土棕，平地變成了起伏丘陵，丘陵上又冒出一堆一堆大石頭來。

　　「那是嗎？」

　　「那就是吧！」

「那就是了！」

我們三個乘客異口同聲說。權做司機大人的外子馬上把車子靠在大石堆旁停了下來。

放眼望去，大堆大堆的嶙峋怪石，或打著單，或雙雙對對，或三位一體，或成群結隊，或大或小，或高或矮，正肅靜地、耐心地等著我們這幾個罕見的中國人。它們等在那兒，等著，等著，從火山爆發後開始等，風吹曝曬，人來人去，它們就等在那兒，這一等怕也有幾千億年了吧！

我們巡視著石頭群，從頭到腳打量著：這個太胖啦！這個太細太高啦！這個帥勁十足，這個醜八怪。我們爬上爬下，繞過來轉過去，忽兒高攀頭頂，忽兒腰上橫行……。大石有洞呢！是門洞？！從門洞進去，裡面原已被鑿空，還有窗洞呢！還有石梯呢！還可上樓！從洞可以鑽上去……。我們不斷驚訝地發現──大石頭原來曾被古人住過，多麼奇妙！而我們還把腳踩在古人的足跡上，這些足跡，這成千成萬的足跡，屈指算算，竟有一千五百年老了。

這時再看這些儼然不可侵犯的怪石時，讚美自然奇觀的心情已被感動之心所取代，是誰說，又是誰說的頑石不化呢？！

是人類的智慧和生存的本能，發現這些巨石原不像它們表面看上去那麼拒人於千里之外；它們試著用鑿子鑿刻，硬梆梆的外表下面竟是疏鬆的灰質岩，只在接觸空氣後才硬化；他們於是敲敲，挖挖，刻刻，鑿鑿，點點滴滴鑿出一個一個教堂、房舍、馬廄來。

這些是什麼人呢？原來是一群希臘的修道士，他們不滿拜占

庭王朝羅馬人的統治，於是騎著馬，騎著驢子，尋尋覓覓，尋尋
覓覓……，終於找到了卡波寶西亞這個巨石林立的窮鄉僻壤來築
教堂，維護他們的希臘正統教。他們之中精於建築的就開始在大
石中敲敲鑿鑿，鑿出有圓頂、半圓頂、大圓柱子的教堂，也鑿出
四四方方的普通住所。精於繪畫的就在教堂圓頂、半圓頂和牆上
畫壁畫，壁畫取材自聖經的記載，正中是耶穌，四周是門徒和天
使的事蹟。

　　精石其外，教堂其中，外壁灰灰土土，內壁色彩瑰麗，如果
不經人指引，還真看不出大石群中哪一塊石頭別有洞天呢！天主
對這批信徒特別照顧，讓他們清清靜靜、安安定定隱居了前後達
六百年之久。土耳其的奧圖曼王朝推翻了羅馬的拜占庭王朝後，
蘇丹大帝把這批近萬的希臘東正教徒送回希臘本土，後來阿拉伯
伊斯蘭教徒騎著駱駝來襲，也只能盡其力破壞牆上的壁畫。如果
信徒沒有離去，後果就不堪想像了。

　　我們在一塊叫「神仙的煙囪」（Fairy's chimney）的地方
看到當年苦行僧西米歐的庇護所。他為了苦修磨練自己，先把自
己關在地下室多年，又在一個水桶中住了好幾年，然後他到一個
山上把自己用鏈子鎖在一塊大石上，這樣苦其心志、勞其筋骨，
終於苦修成「人上人」，賦有異能可以為人祈禱治病——瞎眼
的、跛腳的、身患不治之症的都來找他顯現聖蹟，連國王和大臣
都來求他。求的人愈來愈多，他不勝負荷，身心俱瘁，就輾轉逃
到這大石群全像蘑菇般的地帶。他先挖洞住進一個矮小的蘑菇石
中，又搬至一個三位一體的蘑菇石群中。還嫌不夠隱蔽，最後
住進一個十分高的蘑菇石上層，人們即使來求他，他也不肯下

來，只在上面替病人祈禱，所以被奉為高柱上的聖西米歐（St. Symeon the Stylite）。

當年絲路從這一帶開始，駱駝隊商馱著羊毛、羊皮經過波斯（現在的伊朗和阿富汗），一路走進新疆、甘肅等地，羊毛、羊皮換來中國的絲綢、瓷器和茶葉等。他們愛喝茶，叫茶為「菜」，想是取自中國譯音；叫絲為「衣疋」，字音也必來自中國。五千多年前中國人發明蠶絲，壟斷世界絲的市場將近四千年之久，直到兩個俄國僧侶從中國騙取了些蠶卵，放在竹筒中偷帶到拜占庭王朝來，歐洲的絲工業才開始發展。我在博物館裡看到他們當年的絲織衣服非常精緻，比起中國的絲製品來不僅毫不遜色，甚至尤有過之，且相去甚遠。幾千年前中國人的發明才智如果繼續下來，就可以永遠領導世界文明，但那份高人一等的才智哪兒去了呢？！用到哪兒去了呢？！

十三世紀時，成吉思汗幾乎打敗拜占庭王朝，占領整個小亞細亞，如果不是一時大意，被一小撮土耳其部落軍打敗，他的版圖恐怕可以延伸到歐洲大陸，歷史也會為他改寫。他逃回蒙古，不少蒙古軍人都留了下來，成家立業，所以土耳其人說他們的歷史是從成吉思汗開始記載的。從一些人臉上似乎仍可以捕捉到蒙古祖先的影子，這發現使我們感到些許同胞認同的驚喜。

撒彌像所有土耳其人一般，唇上留著八字鬍，他在中學教法文，週末做導遊，他的英文只限於幾個單字。當他熱心地毛遂自薦要帶我們去看一些剛發現的穴居時，我們覺得卻之不忍就答應了他。我們的對話在指手劃腳、連畫帶寫，和簡單的英文單字中進行。當年土耳其人和新疆人必也是如此這般辦交易的；他們既

然能，我們也就能。常常花了三倍的努力才恍然大悟，悟後的快樂也就加倍了。

撒彌在紙上畫了個土耳其地圖，指著東邊搖頭說：「不好，東土耳其，不去。」我們問：「為什麼？」他說：「東土耳其人是阿拉伯人，不好，兇；伊朗人，兇。他們，政治、宗教……」他把兩個食指放在一起，我們馬上：「哦！不分，政治、宗教不分，不好。」他點頭，然後指自己：「我們，土耳其人，政治、宗教……」他把二食指分開，我們又：「哦！分，政治、宗教分開，應該，應該。」大家滿意點頭。

他帶我們到處跑，看了覆在山石下幾千年前的穴居，看了泥土堆砌的小鎮，看了他的鎮長朋友，看了蜿蜒連綿的大石殿堂（也是苦修院）。他帶我們住進他朋友開的旅館，帶我們去他朋友開的小飯店吃飯，帶我們到他朋友開的地毯店喝茶……。他和許多人打招呼，我們笑說：「撒彌，你該競選市長。」他向我們一笑，我們不確知，他是否懂我們的笑話。

碰到的土耳其人都彬彬有禮，商賈也不例外，沒有人態度驕橫，沒有人口出惡言，沒有人愛理不理。從沒聽說土耳其是禮義之邦，不知他們的「禮義」是從哪兒學來的？

在卡波寶西亞的最後一天，我們住進一個像竹筍般的石頭旅館裡，這旅館自然沒有一般現代化的旅館舒服，但頗能發思古之幽情。能步古人後塵，睡古人石床，已是此生難忘的經驗，誰又在乎那灰暗的燈光呢！

第二天大早，我踏著淡淡的晨光獨個兒在石頭城散步。我們將要離開，而我，有點兒依依不捨，想臨去掃秋波，再捕捉點什

麼。我漫無目的地往山上走去，大筍石此起彼落，人們在石筍間蓋起簡單的房舍，有傍石而立的，有架在石上的，有的乾脆住進筍石裡，加扇木門、木窗，街頭巷尾不斷有新奇景觀，我看得目不暇給。

這時，有個年輕的土耳其女郎在門前掃地，她看見我就朝我友善地招手，我毫不猶疑，走了過去。她對著我說了一堆土耳其話，我只聽懂一個「茶」字，她把手向裡面指指欠身要我進去。我們進去後，她忙著把兩個小女兒催起來一邊收拾床被，一邊招呼女兒梳洗，一邊請我在窗前花布蓋著的大沙發上坐下。

她頭上纏著土耳其女人用的黑紗，花布上身，格布長裙褲。在九月的大熱天，她全身裹得密不透風。她面目姣好，語聲低柔，手掌卻因做粗工發黑。我們交換姓名，她說她叫西琪卡，大女兒叫米芮，小女兒叫哈娃。米芮和哈娃在我身邊團團轉，一會兒從沙發下拖出一隻貓兒來，一會兒要我看她的作業，一會兒給我聽她的小收音機，一會兒又把一個美國小洋娃娃放在我手上⋯⋯

我正忙著和她們打交道時，西琪卡已拿出一張短腳圓桌子，往沙發上一放，兩個女孩兒馬上上了沙發，一邊坐一個。她端上一盤炸的麵包，幾個烤洋山芋，一盆杏蜜餞，一碗羊起士粉，四杯蘋果茶，我才瞭解原來她要請我吃早餐，我原以為她只請我喝茶！

將錯就錯，既來之則安之。吃吧！一切那麼順理成章，那麼單純自然，好像她早在那兒等著我來似的。我們喝著蘋果茶，邊吃邊用手語交談，說到哪兒算哪兒，懂多少算多少，不刻意傳達

什麼，不勉強瞭解什麼。我想告訴她，這頓異鄉的早飯將永遠難忘。我想告訴她，卻只有笑笑，她回我一笑。孩子們看我們笑來笑去也喀喀笑了起來，大家一團和氣、莫名其妙傻笑著。

　　馬上我們就要分道揚鑣，各奔前程，我將下山坐著汽車、坐著船、坐著飛機離去，她將騎著她的小毛驢兒下山上山，下山上山……。我們不會再見面，但我不會忘記她——西琪卡，一個住在小亞細亞的土耳其女人。

　　有緣千里來相會，這，就是緣吧！

# 34. 戴起面紗的伊斯坦堡

　　是個有霧的清晨，船尾那幅印著孤星彎月的土耳其國旗正鮮紅耀目在習習海風中刷刷沙沙地飄著，飄著。我們從船艙上到甲板，睡眼尚惺忪，乍見遠方一抹土地，橫跨天際。那一定就是伊斯坦堡，那一定就是了，頓時睡意全消，喜上心頭。

　　船長從駕駛室向我們招招手，我們受寵若驚，趕忙走進去，端坐在那有大玻璃窗的輪機室內，看著他和大副不急不忙指揮若定，用土耳其話引導渡輪駛入港口，他不時抽空向我們用英語指指點點解說。愈行愈近伊斯坦堡，這充滿神祕色彩的城市就在我們面前悠悠款款地掀開了它的面紗。

　　是傳說吧！西元前六百五十年，麥加拉城有個叫拜乍斯（Byzas）的人，決定出海去尋找新的家鄉。他走前請教占卜者，占卜者說：「你們應該在盲人之國正對方定居。」拜乍斯於是帶了一群族人駕著帆船，四處尋找，載沉載浮，顛簸飄飄，在海上折騰流蕩了許久。正在大家筋疲力盡時，帆船駛入這塊馬瑪拉海、金角海邊峽和波斯佛羅斯海峽交界的地方。大家驚見眼前美麗舒暢的景致，滿心歡喜。拜乍斯看到這片土地的正對方有人居住，就下結論說：「那些人不遷到這邊來居住，準是瞎了眼了。」這似乎符合了占卜者的預言，他們就定居了下來。

　　船靠岸了，我們坐上計程車，馬上捲入爭先恐後的混亂車河

裡。計程車在喇叭聲中橫衝直撞，使我有種回到台北的感覺。兩旁樓房灰舊黯淡，蓋有年矣！空氣污染十分嚴重，唯一引人注目的是那一座又一座的清真寺，鶴立雞群，別具風格；否則伊斯坦堡給我的第一個印象倒像是個年華已老去、洗盡鉛華的貴婦人，仍舊汲汲營營從早到晚為生活奔波著。

　　我有點失望，不，相當失望。「伊斯坦堡，我千里迢迢來看你，一腦門子的憧憬與期望，可別讓我失望地回去！想像中的你，左手牽著歐洲，右手挽著亞洲，應該是個旖旎俏麗、多彩多姿的城市，你不應該平凡庸俗，不，你不應該……」

　　「我看你還是把我的面紗給我戴上吧！隔著層紗看我你就不會失望了。」我順從地蓋上那層薄紗，遮住它大部分嘴臉。

　　「聽過查士丁尼大帝（Justinian）嗎？」

　　「沒。」我回說。

　　「那還是羅馬拜占庭的時代，他們叫我康斯坦丁堡，是新羅馬帝國的首都，查士丁尼大帝，正像所有大權在握、好大喜功的皇帝一般，要建造一所舉世無雙的大教堂以流芳百世。他大膽假設卻不小心求證，硬要標新立異把教堂的大圓頂閣架設在長方形的建築物上。建設期間，教友不斷祈禱，求主保佑成功，化不可能為可能。完工之日，大帝駕了馬車排闥而入，高舉雙手感謝天主助他一臂之力，使他終能凌駕所羅門王之上，揚名後世。」

　　「所羅門王！我倒聽過。」我自言自語。

　　這大教堂取名索菲亞大教堂（Haghia Sophia），外表粗獷結實，裡面則極盡富麗堂皇之能事。頂高一八四呎，相當於十五層樓高，沿牆鑲嵌細工做成宗教壁畫，把耶穌和聖母的事蹟

展現出來。

「伊斯坦堡，你當時一定為擁有這舉世無雙的大教堂驕傲吧！」

「驕傲？！」語聲闇然，「一顆虛榮心，萬個受害人，我們這個城市，為了維護修理這毛病百出、大而不當、虛有其表的教堂，弄得民不聊生，國庫日空，逐漸走上亡國的命運。後來二百年各路軍人盜賊全來刮索，偷的偷，搶的搶，我所有的財富幾乎全部蕩然無存，真正過了一段兩袖清風、空空如也的慘澹日子，唉！」

「後來呢？」我急於知道它如何扭轉乾坤。

「大概是十四世紀吧！年紀輕輕的土耳其郡主蘇丹麥賀麥特輕取拜占庭王朝，占領了落魄潦倒的我，把我改名為伊斯蘭堡；信奉伊斯蘭教的城市之意。他勵精圖治，大興土木，擴張版圖，並請建築家重新整頓修建索菲亞大教堂，改建成大清真寺，兩邊各加了兩個叫拜樓。牆上宗教壁畫仍就保留，卻在中間大廳上掛了四個龐大的、圓形的伊斯蘭教啟示語牌，上書『真主與你同在』、『先知默罕莫德』等」。

「蘇丹大帝是不是又選了藍色清真寺？」

「不是這個蘇丹，是蘇丹阿麥特，那時已是十六世紀了，奧圖曼王朝正值盛世。」

「又是哪一個蘇丹大帝造了城中心那個龐大精緻的清真寺？」

「那是蘇丹蘇內門，他是阿麥特的前輩，他請名建築家西南（Sinan）為他匠心獨建、別具心裁設計了蘇內門清真寺，是伊

斯蘭教清真寺中的佼佼者。」

「為什麼蘇丹阿麥特又要建造比蘇內門清真寺更完美的藍色清真（Blue Mosgue）寺呢？」

「虛榮心作崇呀！這，你還不懂嗎？」

「阿麥特要求西南的學生麥賀麥特‧阿加（Mehmet Aga），去設計一座比索菲亞大教堂更高，比蘇內門清真寺更大的清真寺，要舉世無雙，要震撼世人，阿加只有硬著頭皮全力以赴，整整花了七年時間，動員數千，耗金數萬，終於造成有六個細高筆挺的叫拜樓，有二十六個大大小小相扶相攜的圓頂閣的大清真寺。內部鑲以各種花紋圖案的藍色磁磚，因此後世人稱之為藍色清真寺，與索菲亞大教堂毗鄰傍海而立，傲視整個海灣。」

看了索菲亞大教堂，看了藍色清真寺，看了蘇內門清真寺，深為宗教的帶動力量所感動。如果不是主在他們心內，他們哪會在平凡的生活中洋溢出超出時空的藝術才華，不可為而為，不可行而行，說是奇蹟也無不可。「伊斯坦堡，你說我的想法對嗎？」

三十六位蘇丹大帝前仆後繼統治了土耳其凡六百年左右，在土卡其宮殿（Tokaki Palace）中，我們看到他們的寶石鑲嵌的刀劍，寶石鑲嵌的王座，瀟灑的字畫，精緻細巧的茶具，巧奪天工的綠寶石首飾，絲路通商換來的中國瓷器……。在多瑪巴琪（Dolmabahce）宮殿中看到奢侈豪華富貴生活的另一面，巨大無朋的水晶吊燈、豪華富麗的大波斯地毯、金碧輝煌的寶座，我沒有看過印度的孔雀王朝，不知是否可以比美？這樣驕奢腐敗的王朝如何能維持下去？終有這麼一天，連真主都拒絕與他們同在

了。這時一個皇家軍官挺身而出，單槍匹馬發起革命，野火一搧即不可收拾，全國上下很快響應，不過三個月他就打敗了不堪一擊的奧圖曼王朝最後一個大帝，實行共和立憲。這位阿他突克（Ataturk）將軍遂成了共和之父，像我們的國父孫中山先生，他也深為土耳其人愛戴。

像國父孫中山先生當年下令剪去辮子、停止裹小腳一般，阿他突克極力推動男女平等。在這男人絕對至上的社會，女的終於可以進到清真寺，坐在後面和樓上朝拜，可以受教育，可以選舉，可以拋頭露面，不用再戴面紗……

「伊斯坦堡，還是請你摘下你的面紗吧！」

# 35. 黃山驚鴻

在千島湖事件的陰影下，我們來到黃山腳下的雲谷山莊，天不作美，雨滴滴答答下得十分起勁。

小白說：「你們四人的運氣真不好，一直天晴，怎就下起雨來了。但黃山天氣多變，說不定今晚雨過天青，明早到處白雲飄浮。山呀石呀松呀，若隱若現，那時節的黃山才美呢！」

「當然也可能不開晴，一連下好幾天雨⋯⋯說不定。」

這麼說來，天有可能晴，也有可能不晴，不能絕對樂觀，也不能完全悲觀。

「既來之，則安之。」

「隨遇而安。」

說是這麼說，但那一臉無奈，卻是誰也瞞不了誰。

也難怪，從南京坐了八小時悶熱難當的火車來到黃山市，又坐了三小時的汽車來到黃山腳下，四人已是英雄氣短，兒女情也長不起來了。「隔窗遠觀黃山」，和隔靴搔癢一樣不能滿足心願。更糟的是，回去如何向父老兄弟姐妹交代呢！宣布要來爬黃山，已羨煞不少人，回家後還準備一個攝影座談會⋯⋯。看樣子，要買一些幻燈片或是《神奇黃山》魚目混珠叫他們嘖嘖稱奇了。

雨依舊下著，我們四人心照不宣，默默祈禱！

　　敬弢終於沉不住氣，他鍛鍊了年餘的腿力豈可無英雄用武之地。「上山吧！風雨無阻！」既然後退不容考慮，就只有勇往直前未卜前途地上山了。

　　雨衣、帽子、拐杖，缺一不可，輕裝簡囊，去索道坐纜車！

　　黃山山上那一夜，雨聲聽到天明，夢裡求周公；「擦擦天公的眼淚吧！我們那麼老遠來……」他直搖頭：「天大的事，我沒有辦法。」第二天一早起來外望，好一個白茫茫的世界，啥都看不見，看樣子天晴無望了。心一沉，就沉下了谷底，掃興洩氣之至！既然黃山蒙在霧裡，既然黃山避而不見，我們別無他法，打道回府吧！回家親朋若問起「黃山美不美」，就說「看不見，看不厭」含糊其詞，就這麼辦了。

　　原車下山，沒想到和我們一樣打退堂鼓的人還真不少，候車室放眼望去黑鴉鴉全是人。我們勉強像沙丁魚般擠了進去，馬上肩碰肩、胸貼背、腳尖踢腳跟，人與人之間的距離縮短至零，但人心的距離卻相隔十萬八千里，隨便一句話都會引起一陣咒罵，任何一舉動都可能造成推擠，悶得使人透不過氣來。在美國久了，習慣於保持適當距離的排隊，這種寸土必爭的排隊方式真叫人心慌。

　　這黃山，沒見著她已夠窩囊，如果區區小命斷送在氣咻咻的人群中，爬山壯志未酬身先死，怪冤枉的。

　　於是我提議：「走下山吧！」馬上全體附議。

　　初走下山，細雨霏霏，霧氣茫茫，沒多久，雨居然停了。雨一停，白雲見機而出，拂拂依依徜徉在青嶂幽壑之間，老松奇石若隱若現，山巒青嶂層層疊疊，看得我們嘆為觀止。一階一階走

下，物移景換，才十幾階，同一山巒，同一奇石，因角度不同又有別一番風貌。前一小時我們還愁眉苦臉，現在可是個個笑逐顏開，真得感謝上蒼了。

敬弢一看天晴了，大喜，馬上六親不認獨自個兒走回山上圓他的黃山夢去。浩林、章瑛和我繼續下山，一路說說笑笑，十分愉快。

下山人多，上山人更多，擦肩而過的常是扛著二百多磅重鋼條、木材、大理石、肥豬等的苦力。看他們汗流浹背，我們心有不忍，沒想到二十世紀的今天，山上賓館的一木一石仍要用這種原始的勞動辦法運送。

不知不覺已走下大半山，慢慢地，腿開始不聽大腦使喚，抖抖顫顫，左搖右晃。為了控制這不聽話的雙膝，再也無暇欣賞周遭的風景。雙眼緊迫盯住那一階又一階，一階又一階，小心翼翼，生怕一失足成了千古恨。一路笑話不斷的章瑛此時也有氣無力，和我「哎喲喂，哎喲喂」的前呼後應。

終於痛苦地走完那三千九百六十六個台階，來到山下畫家田原大畫「憩」字的大石前。腦裡空空如也，看著那瀟灑的「憩」字，我們想的也只有這件事了。登山壯志全無，若有一蓆之地和衣而臥，此生已足！

後來那幾天，一看到台階就花容失色，舉步維艱，走起路來碎著步子活像穿了三寸金蓮的老太太。路人看見了，同情說：「準是從黃山回來的。」也有人安慰我們：「我相信你們絕不是忸怩作態，假裝秀氣，只有話劇演員才裝得出來，而你們又沒在演話劇。」

　　回到加州，我們打電話給一位有很多次登黃山經驗的朋友：
「老王！我們從黃山回來了。」

　　他興奮地問：「你們看到夢筆生花、飛來石、始信峰、鯉魚
背、鰲魚峰、煉丹峰……排雲亭、玉屏樓、天都峰……了嗎？」

　　我支支吾吾回他：「我們看到雙貓捕鼠、仙人指路、喜
鵲……」

　　他又追問：「還有呢！」

　　「沒有了，就這麼多了。」我很誠實、很謙虛地回答他。

　　我們看到的是美女披的那一頭浪漫蓬鬆的黑髮，你們說她臉
蛋兒美，到底有多美？！徐霞客說：「五嶽歸來不看山，黃山歸
來不看嶽。」黃山的美我們只有看照片去領會了。

　　但我們不甘心，有那麼一天，我們仍要去看看那「無峰不
石，無石不松，無松不奇」的黃山到底多美，總有那麼一天吧！

# 36. 徐霞客也來過

　　想當年徐霞客可費了好大勁兒，一步一步攀崖躡峻，心驚肉跳過那滔滔汩汩的澗水，不是被大理石刮得遍體傷痕，就是掉入急流險遭滅頂。我們也愛遊山玩水，如想這樣尋幽探勝，怕是小命禁不起考驗，有去無回！

## 天地一遊人

　　老朋友聚在一起最常談的話題就是遊山玩水。生於現代，有機可乘，有船可搭，有車代步，有轎可坐，「山太高不跋，水無船不涉，地無徑不行，棧太髒不宿。」天時地利人和全都考慮周到，才敢安然起行。

　　不免想起徐霞客，他也遊山，他也玩水，但他「登不必有徑，涉不必有津，峰極危者，必躍而踞其巔，途窮不憂，行誤不悔，暝則寢樹石之間，飢者啖草木之實，不避風雨，不憚虎震，不訂程期，不求伴侶，以性靈遊……」，而我們這些現代遊人，如去一處，必攤一桌子的資訊圖片，裝一腦子的策畫安排，塞一箱子的衣物、藥品，萬事俱備，才偕友人，乘「機」而去，其中樂趣，卻也無窮。

## 步彼後塵，難

我們來到雲南的大理，從洱海船上遠看滄山，綿延十數里，不峻不峭，山貌平實，沒有山頭雪，不見玉帶雲。想當年徐霞客可費了好大勁兒，一步一步攀崖躡峻，心驚肉跳涉過那滔滔汨汨的澗水，不是被大理石刮得遍體傷痕，就是掉入急流險遭滅頂。我們也愛遊山玩水，如想這樣尋幽探勝，怕是小命禁不起考驗，有去無回！

船在洱海四平八穩地行駛，河水出奇地平靜，舒服地坐在甲板上喝著普洱茶，遙望滄山那十九峰和十八川，遠看雖不知其險，但從他書中描寫的險象環生，不得不佩服他的雄心壯志。或許就是他那一股子對中國地理地貌的強烈求知慾，讓他一次又一次深入探險。他的貢獻是用生命換來的！但這次當他走完那十九峰、十八川，已累得氣息奄奄，隨從棄他而去，他住在小客棧休養，身上不名一文，棧主把他當成是流浪漢。他不得已向土司求救，木氏土司聽到了，馬上派人護送他回老家，但從此他元氣大傷。

終於到了他來過的蝴蝶泉，他在沙子路上的足跡已被厚厚的水泥覆蓋。走到泉水邊，人頭聳動，人聲沸騰，一組一組的五朵金花紅衣白裙點綴著這綠林子。想當年他尋尋覓覓，走走停停，累了，想歇歇，乍見一股流水泉湧而出，冷冽清澈，正解旅人渴。他洗去一身疲憊，找塊大石躺在上面。

蝴蝶在他四周靜靜地飛著，耳邊只聽到水聲，他，就這樣

睡著了。但這片綠林子，現已被人聲污染，鬧哄哄的，年輕女孩子像花蝴蝶般被人群圍繞，卻看不見真的花蝴蝶。如想高枕石頭眠，更是不可能的事，因為石頭上坐滿了人。我們慕名而來，卻失望地離開。

大理人說「石寶山是南方的敦煌」，我們老遠跑來，當然不能錯過，車在山路上七彎八拐，才來到石窟地。人煙稀疏，是旅遊淡季，也好，不用人擠人。

漂亮的白族姑娘小徐說：「這裡三月是白族青年男女唱歌求偶的時候，那時可真是人擠人，滿山遍野全是年輕男女在對唱情歌，你一首我一首，有些老人也夾在裡面重溫舊夢。唱呀唱呀，聽順了耳，看順了眼，心印上心，就手拉著手躲了起來。」

「他們會結婚嗎？」

「不一定。」

「不會唱歌呢？」

「白族人沒有不會唱的。」小徐理所當然回我的話，又說：「白族的情歌很押韻，翻譯成漢語就沒味道了。」

我們在山路上走，一眼看見前面一顆巨石，拔地而起。小徐說：「那是懸空寺。」我以為只有山西有懸空寺，原來雲南也有一座，多麼孤陋寡聞。這石山看上去不高，但因海拔高，氧氣稀薄，爬上去上氣不接下氣。好不容易來到石山腰部，果然佛、道、儒三廟鼎足而立，隱藏在山坳中，並沒懸空。廟外有一雕塑人像孤零零站著，這是何方聖人，任由風吹之、雨打之？一看上面大名，原來是徐霞客。他怎也來過？妙石藏寺，他怎麼會錯過呢！

## 小橋，流水，納西人家

古城麗江，城依山存，水隨城至，是納西人的驕傲。納西姑娘小楊說：「當年忽必烈大軍打到我們這小城時，土司拱手稱臣，所以免了一場戰爭。我們納西人很弱，打仗一定輸。」識時務者為俊傑，土司，你救了你的子民。

城不大，無護城之牆，因此當年街道設計成八卦式，向四面八方輻射。敵人若來襲，必在大街小巷、木橋水道中團團轉，不知東西南北，陣容必大亂。但唯一攻來的敵人忽必烈大軍並沒受到考驗，反而是我們這些遊客走走就迷了路，既然不受時間限制，就任由那八卦街道擺布吧！

高山的雪水流過小街小巷，水流很急，冰涼清澈，沿岸垂柳在石板橋、木板橋、石拱橋旁搖曳生姿。我們穿過一座座小橋，聽流水潺潺，看錯落有致的納西古樸建築，有情有調，別具一格，一看就愛上了，心中不免醺醺然。這時納西姑娘小楊招呼我們在水邊坐下，吃一頓「納西人家」的特殊風味菜。想到下午就要離開，真有點不捨。

小楊把我們當知己說：「納西男人命好，不是去雕刻東巴文，就是去演奏東巴樂。女人命苦，要下田耕種，要燒飯，要洗衣，還要管孩子，我一想到結婚就怕。我喜歡做導遊，和遊客做朋友，也從他們那兒知道一些外面世界的事。」

「妳結了婚不可以繼續做導遊嗎？」我們問。

「不可以，絕不可以，我的丈夫不會准的。」

「不結婚呢？美國有許多單身女郎，也過得很快活。」

「阿姨呀！那我不成了有問題的怪物嗎？讓大家指指點點，日子可不好過哦。」

我看著這位花樣年華的待嫁姑娘，卻不知如何安慰她好。


## 宮室之麗擬於王者

納西王的後代木氏土司去京城上貢，見到紫禁城的風貌，嘆為觀止。回來就找工匠沿山坡蓋了一座美輪美奐的大宮殿，在納西族「三房一照壁」、「四房五天井」格式的建築群中鶴立雞群。當年剛完工時，一定引起民眾嘖嘖稱奇。熟讀經書的木氏並在牌坊上大書「天雨流芳」，乃納西語「讀書去」的諧音。

但當他看見徐霞客忽然出現在他門前時，他怕，怕這「行萬里路，寫萬行字」的旅人會記載下這媲美宮廷的大殿，觸犯了唯我獨尊的皇帝，他的命運可就是未知數了。他禮貌地婉拒徐於門外，只是徐霞客天生好奇，踮起腳張望，灰瓦紅柱藍欄的皇宮，不就是明朝宮殿的翻版嗎？「宮室之麗擬於王者」他這樣據實記載。

我們比徐霞客運氣，管理員朝我們招手：「還有一個小時關門，你們快點參觀吧！」我們卯足了腳力，在大小宮殿、亭台、樓榭中東奔西走，這也瞧瞧，那也看看。最後上氣不接下氣登上台階最高處，放眼望去，麗江這灰中帶點紅的老城一覽無遺。

天高皇帝遠，這位土司穩踞江山一隅，享盡榮華富貴，飽讀聖賢之書……，比起那擁有大片江山生命卻朝不保夕的明朝皇

帝，他其實是有福之人。而我們，沒被關在門外，此時此刻，也
算是有福之人了。

# 37. 小橋，流水，木船，人家

君到姑蘇見，人家畫枕河。

古宮閒地少，水港小橋多。

夜市賣菱藕，春船載綺羅。

遙知未眠月，鄉思在漁歌。

　　　　　　　　　　——唐朝，杜荀鶴。

　　白茫茫的天空，灰烏烏的運河，只見載著泥沙和磚塊的貨船，熙熙攘攘穿梭水中。起居在船上，工作在船上，老死在船上，運河就是家，家就是運河。我們在這忙碌的杭州碼頭登上了駛往蘇州的客船。

　　「嗚……嗚……嗚……」船動了，望過去，我們這三艘客輪已「一」字排開，中間用條粗繩索聯繫在一起。前面還有一組貨船開路，這樣一個船隊看上去雖然古樸灰舊，卻也聲勢浩大，排著運河的黑水，一波又一波往前駛去。

　　「當年乾隆皇帝下江南時也走這條水路。那時，他乘的是龍船，船與船之間有綵帶相連。」小麗輕描淡寫，卻引起我的遐思來……

　　「你沒說完呢！」我心中想著。「還有那迎風招展的旌旗，還有那低沉渾厚的皮鼓聲，還有那彩色繽紛兩岸夾道歡呼著的人

群，還有那紅漾漾的水光，綠漫漫的樹色……」

誰叫你們晚生了幾百年呢？

馬達聲中，硬木床上，我像天上那輪醒著的明月，一夜未眠，睜眼到天明，已是蘇州了。

「好一幅江南雨景！」看著霏霏細雨，我的聲調倒有些像在哭。小麗是老蘇杭，安慰我說：「雨中遊江南才有詩意，才有情調。」只有信她了。

於是轉悲為喜，兩人興致勃勃跳上一部旅遊車。

這是一個古色古香的城市，城門六座，河道六縱十四橫，橋樑三百零四座，街坊河道分布如棋盤。據說當年蘇州的街坊小巷曲折幽靜，石子街面潔淨無塵。我坐在車中聚精會神捕捉昔日風貌。整個城市的房屋建築，不論新舊，卻儘量保持黑瓦白牆的原形原色，看上去古意盎然，素靜安詳。路人神色自若，不慌不忙，不為一車又一車的旅遊客車動聲色，真是「閒忙恰得中」。

西元前五一四年，吳王闔閭元年，伍子胥在此建城，當時叫吳大城，到了隋開皇九年（西元五八九年）才以姑蘇山定名蘇州，現在古城門上還飄著那面象徵性印著一個大「吳」字的古旗。

蘇州的庭園，舉世所知別具風格。最大的拙政園是明代園林，取「築室種樹，灌園鬻蔬，是亦拙者之為政也」之意，園中濬池，環以林木，迴廊亭台，湖石假山，走在裡面，彷彿置身於江南青山綠水之間，移步換景，目不暇接。

獅子林是元代園林，以水池為中心，疊湖石為連綿假山。山上古木巧嵌石縫，怪石林立如群獅起舞。假山有二十一個陰洞，

盤旋出入，「洞洞相迴旋」，明代畫家倪雲林在此賦詩並作《獅子林圖》。走在其中，我與獅石並排而立，我與獅石面面相視，看它們張牙舞爪，看它們怒目而視⋯⋯，真是別饒情趣。

到了蘇杭，我開始對太湖感到興趣，愈看愈有趣，百看不厭。原來石匠把太湖石從太湖中撈出來後，要由雕刻家慧眼識英雄，在諸多混有泥沙、雜草的亂石中選中幾塊，除草去沙，鑿鑿刻刻，等頗具形態再放回太湖，任水浪沖打浸蝕，幾年後再撈出，已出落成「我家有女初長成」般的靚石，可以供世人觀賞了。

我在留園看到江南三大名石之一的「冠雲峰」（另一石為上海橡園玲瓏石和杭州植物園的瑞雲石），真是玉「石」臨風，一表「石」才，完全符合「透、漏、皺、瘦」的湖石標準。據說當年曾以此石贈送當時九十歲的慈禧太后。她以運輸不易為由，沒收下此「重」禮。幸好，幸好，否則，此石如到了北京，就難知它的下場如何，整個圓明園都給燒掉，難保區區一塊石頭不變焦石了。

當年「市河到處堪搖櫓，街道通宵不絕人」的盛況已不復見，小麗和我決定出城尋找真正的江南風光。車駛出城，公路兩旁大樹成蔭，路邊一畦又一畦肥沃的農田，一幢又一幢富麗堂皇的農舍，令我耳目一新，也令我咋舌。農民果真大翻身了，只是知識分子呢？！僅夠餬口的薪水，狹窄的公家宿舍，煩忙的工作，不敢過問的前途，他們才是真正「無產階級」，我不禁悲從中來。「百無一用是書生。」秦始皇對人民這麼說，慈禧太后對人民這麼說，現在人民還是這麼說⋯⋯

　　到了崑山周莊，用直和陸巷，才真正體會到「門前石街人履步，屋後河中舟楫行」的意境。我們在石子街上款步徐行，船夫在污水中緩緩划行，小小的拱橋橫跨河上，櫛比鱗次的房舍傍水而立，好一幅詩情畫意的水彩圖！

　　但我們不是唯一的尋幽探勝者，早已有人捷足先登。年輕的從全國各地來的畫家，一個個架起畫架，正聚精會神把這些小橋流水人家儘量畫在紙上，再帶回天津，帶回北京，帶回陝北高原，帶回東北黑龍江……

　　我忙著照相，不也是想將這些小橋，這些流水，這些木船，這些人家，帶回海的那一方嗎？

　　不讓它們獨美江南！

# 38. 拉薩行

## 海拔一萬三千呎的高原小城

平平穩穩飛過金沙江，就進入西藏高原了。從窗口望出去，唐古喇山脈、岡底斯山脈，都在浮雲下若隱若現。而拉薩，這個在我心目中永遠帶那麼點兒神祕色彩的小城，就藏在重重峻嶺高山中，遺世獨立，唯我獨尊。

從飛機走出來，我舒了一口氣。天空藍得發紫，大朵大朵的白雲，飄著飄著，完全不受天地的束縛。放眼望去，大地茫茫，大山荒荒，而山外必還有山。我這麼好奇地打量……快上車吧！拉薩原來還有一段路呢！山路迂迴曲折，路面凹凸不平，我們被顛得時時離座，魂不守舍。幸虧兩旁風景令人目不暇給。岡底斯山幾乎觸手可及，山高草不長，時時呈現嶙峋怪石，中間躺著雅魯藏布江。在此秋高氣爽的季節，水波不興，正懶懶洋洋地流著。路兩旁不時出現西藏牧民的土寮，與山光共一色。只有門角漆了紅綠色彩，為這茫茫的大地帶來人的氣息。而那些穿著厚厚重重的西藏人，正利用山水之間一小塊平原種著青稞，種著新糧。在這天外天之下，我只覺人顯得特別渺小和無足輕重。

這樣顛簸了二小時，才進入拉薩市。一下車來，就覺飄飄欲

仙，恍恍惚惚，呼吸困難，頭開始痛。我馬上知道自己得了「高原病」。其實早有人警告過，只是不深入其境，未親嚐其苦。我一面暗叫倒楣，一面安慰自己：「世界上沒有十全十美的事；既來之則安之。」

因現代科技造福人類，我們才得以在四小時內從成都抵達這海拔一萬三千呎的高原小城。感激之餘，不免念及古人。七世紀時，唐代文成公主嫁到西藏。她坐著驛馬車，帶著大隊人馬和陪嫁物，從長安萬里迢迢而來。山路崎嶇險峻，旅途冗長煩悶，不知她如何受得了這份辛苦。下嫁番邦，前途未卜。她的心情該如何惶惶然？這是一次政治婚姻，她心甘情願為國做這件事嗎？還是落落寡歡、無可奈何？一千三百多年前的事，就在我腦裡打著轉兒。

## 文成公主帶來了漢人的文物

到了拉薩，這一千三百多年前的史事就清清楚楚展現在眼前了。布達拉宮的壁上、羅布林卡宮的壁上……都有畫家畫的文成公主入藏的盛況。西藏一代英君塔贊干布率眾大臣宮女親迎之，場面十分隆重熱烈，感動了我這顆現代人的心。我似乎感受到西藏王當時內心的快樂，內心的滿足。怎能不快樂不滿足呢！眼前的絕代佳人，為他帶來了大唐王朝對吐蕃王朝的祝福。從此西域無戰事，雙方都可高枕無憂，歌舞昇平，享受太平盛世之樂。一國君主，得此保障，夫復何求？！

文成公主不只帶來了唐朝的祝福，還帶來了唐朝漢人的文

物、釋迦摩尼佛像和佛經等。塔贊干布為其「別建宮室，以居公主」，為「公主築一城以誇後世」。這就是布達拉宮的前身。布達拉即普羅陀，「佛教聖地」之意。那所謂的城其實只是個死火山口。布達拉宮建於其上，可以俯瞰全城。後來塔贊干布又造大昭寺，把文成公主和另一妻子尼泊爾公主帶來的佛像供奉於其中。後人又在他們死後，為他們三人塑了金像，也在寺中供奉著。

現在的布達拉宮，是達賴喇嘛五世時重新擴建的。巍巍然聳立在山口上，外表有種處變不驚的莊嚴，融合了中國和印度的建築藝術，卻又「非中國」、「非印度」，只有西藏才有的獨特風格。不像中國的宮庭建築一板一眼、舉手投足都有一定的格局，也不像印度的圓是圓、方是方。這布達拉宮粗粗獷獷，不拘泥於一定的形式，也不受傳統的約束。從前面看它，從後面看它，或從兩旁看它，均自成一景。它看似對稱，卻找不出哪兒是正中點；看似呆板，卻讓你看了忘不了。

## 白宮共有九百九十九個房間

布達拉宮分紅宮和白宮。紅宮是達賴們的靈塔，白宮才是他們臥起居、誦經、會客之所。裡面共有九百九十九個房間，長廊無數，窄梯無數，像迷魂陣一般。進去後，前途叵測，不知何處是出路。在這種情形下，我們只有緊跟在導遊後面，生怕被他拋棄了。他首先帶我們進到達賴五世的靈塔。這殿堂有三層高，分塔座、塔瓶、塔頂三部分。經過藥水處理風乾了的達賴五世的遺

骸，就保存在塔瓶內。塔身以金皮包裹，珠玉鑲嵌，極盡奢華之能事。塔座上有各式各樣大大小小的佛像，保佑著他。前面一排酥油燈，不分晝夜地燒著。這殿堂密不透風，酥油之味，充塞其間。

達賴五世在世時曾被順治皇帝召見。從此實行政教統一，是藏人心目中的英君。他臨終時本應選一嬰兒做他靈魂投胎的繼承人，但不知什麼原因，他的死訊卻被隱瞞了十一年之久。等到終於宣布之後，新抵達的達賴六世，已是個十一歲的孩子。過了十一個天真爛漫的年歲，這達賴六世生性就浪漫風流。有一分好奇地問導遊：「他如何風流呀？」導遊皺皺眉頭，把手一攤——「無可奉告。」他說。大家的好奇心只好就此止步了。隨後又看了七世、十三世的靈塔，沒有達賴五世來得壯觀。這和他們的功績有關。

## 世界上最高貴的廁所

一路憑弔達賴的靈塔，穿過一個又一個長廊，爬著窄窄的樓梯，就已不知不覺進了白宮。豁然開朗，我們看了他與眾喇嘛誦經的大廳，以及他會客、沉思、睡覺和默禱的房間。每個房間都鋪設了各色各樣的地毯，給人一種賓至如歸的溫暖。廁所用彩色的布幔隔開。不用說，這是世界上最高貴的廁所了。

迂迂迴迴，七轉八彎，一次又一次爬樓梯，終於走出迷宮式的幽廊曲徑，來到了宮殿最高層的屋頂陽台上。看著紅宮的鑫塔頂在陽光下閃閃發光，看著天上帶金邊的白雲，自由自在地飄

浮，就想起西藏人總愛這麼說：「聖賢的靈魂是從那金頂飛上天的，而那些千變萬化的雲，正是天人大手筆下的產物嘛！」我看著看著，覺得他們說得很有道理。

從布達拉宮到羅布林卡宮，就像是從一個熙攘的大城，走進一個清新的小鄉村。怪不得當年達賴喇嘛花在羅布林卡的時間比布達拉宮多。羅宮有座精緻的大花園，當年園內花木扶疏，夏宮就建在其中。園內還開了個水晶般的人工湖，上有二小島，島上設有達賴喇嘛讀書、靜思……的庭台樓閣。他在這兒修身養性、讀書誦經、處理政務、會見客人，真是得其所哉！

## 老一輩的人提到達賴十四就掉淚

我們現在站在羅布林卡落寞凋零的庭院中，幻想當年全盛時期的景象：百花開了，樹木也都綠意盎然，更有孔雀和梅花鹿安詳地徜徉在其中。而那踱著方步的不正是達賴十四世嗎？他穿著金色袈裟，正用他滿腹的經典學問去思索問題。眉頭緊鎖，表情凝重，心情沉痛，中共的大軍已駐守十年了。逃呢？還是留呢？做個無國的精神領袖？還是有國的傀儡首腦？逃出去宣揚喇嘛教？還是留下來保護自己的子民？但他留下來能保護得了他的子民嗎？他自己的命運還操縱在別人手中呢！這時我已替他捏了一把汗了。逃吧！快逃吧！

他果真逃了！那是一九五九年。

我們在唯一開放的一座夏宮中，看到達賴十四世逃走前的起居室。這裡也鋪滿了地毯，壁上畫著精緻的壁畫，帶我們來的

司機有張和氣的團團臉，總是堆著一臉笑容，十分親切。我猜他是四川人，他笑說他是不折不扣的西藏人。用略帶四川口音的國語，他說西藏人很想念達賴十四世，老一輩的人提到達賴就掉淚。這時他指著路旁一位長者說：「不信你問他！」孩子呢？見到外來的人，就想要達賴的相片。我碰到幾個孩子，還以為他們向我要糖、要錢呢！真是侮辱了他們小小的心靈。至於像他一般的青年、中年人，則情願等等局勢明朗後，再接達賴回來。他開朗地說：「印度有許多西藏人，他們比我們更需要他。」怪不得藏人稱達賴為活佛呢！

大昭寺是為紀念文成公主和尼泊爾公主尺贊所建立的廟宇。屋頂有金塔，有金鹿，有金碑，從屋簷懸下的大塊布幔，色彩鮮麗明朗。大殿正中間端坐著塔贊干布和成公主的塑金像。有正常人的三倍大。塔贊干布濃眉大眼，雙目炯炯有神，嘴巴緊閉，上有八字鬍，器宇非凡。帽上有個小釋迦牟尼的佛像保佑他。文成公主頗像觀音，慈眉善目，溫柔美麗，亦仙亦佛。藏人尊之為「白渡母」，是觀音的化身。

殿內大小廳堂無數，裡面大小佛像有二百多個，每尊佛像前都有酥油燈照明著，並點了香火。所以，一進去便覺香煙裊裊，人影幢幢。藏人從大門外開始趴伏於地，頂禮膜拜。口裡唸著：「Om-Ma-Ni-Padme-Hum（唵嘛呢叭咪吽，意為「蓮花座上的佛）」。」然後排隊入殿。一尊尊佛像拜過去，並用手推著一排排上百個祈禱輪。我看他們這般投入宗教，把多半時間都花在朝拜上，心中參雜著尊敬和惋惜，五味雜陳。尊敬他們始一而終，心不二用；惋惜他們信得太迷，誤了時間。

他們求什麼呢？原來他們祈求一個人心地善良，祈求這個世界講正義，祈求大家和平相處。他們從不祈求佛的慈恩，和佛的寵惠。


## 西藏人人都可當喇嘛

在西藏，幾乎人人都可當喇嘛。一個孩子，可以在六七歲時就莫名其妙地被家裡根據星相學家的預言，被送去當沙彌。也可以因不堪畜牧生活之苦，為找一安身之所去當沙彌。也有的人千里迢迢專誠來入奉喇嘛教的。有才智的喇嘛受高等佛家教育，舉凡天文學、數學、歷史……都要學，日後才能做寺院的領導人物。

一般喇嘛只能做些普通的工作。

我們到城外最大的喇嘛廟哲蚌寺參觀。廟在半山腰上，有高聳的殿宇、石砌的房屋，以及碧落層層的台地建築。我們一階一階往上爬，四處靜悄悄，杳無人煙。偶爾碰到一兩個小沙彌，伸手向我們要達賴的相片。正奇怪這份安靜時，就聽見唸經的聲音從高處傳來。顯然這是他們諷誦梵唄和聖歌的時刻。他們用一種特殊的音階來唱，抑揚頓挫，節奏有致，自有一種神祕的力量。

西藏人愛唱歌。據說他們愛唱一首情歌，歌詞是：

> 情人喲！聖佛喲！
> 我依戀著情人，
> 卻犧牲了佛像。
> 我入山修道，

又違背了情人的心願。

天啊！天啊！

文章，禁不起雨雪風霜；

經典，免不了腐蝕蟲傷。

唯有情人的蜜語喲！

沒有痕，也沒有跡，

一句句，一聲聲，

聲聲句句，深刻在肺腑心臟。

我往有道的喇嘛面前，

求他指我一條明路。

只因不能回心轉意，

又失足到愛人那裡去了。

我默想喇嘛底臉兒，

心中卻無法顯現；

我不想愛人底臉兒，

心中卻清楚地看見。

若要隨彼女底心意，

今生與佛法的緣份斷絕；

若要往空寂的山嶺間去雲遊，

就把彼女底心願違背了。


　　如真有這麼一回事的時候，只好奉上咱們的一句話了：「魚與熊掌，不能得兼呀！」

　　達賴死後，肉身供奉在靈塔中。有特殊道行的方丈死後，

則全身鍍金供奉在廟中。一般人死後的處理就大不一樣了。一來因為他們認為人體不過是一個軀殼而已；二來西藏地層堅硬，不宜埋葬。所以，他們把屍體抬到郊野，分解了給兀鷹分食。我們看兀鷹兇惡如魔鬼，他們看兀鷹神聖如天上派來的使臣。由牠們把肉身分食之，靈魂才不會捨不得離開他過了一輩子的夥伴。你若說藏人殘忍，那他們就要同你辯論了：「你們漢人把人埋在地下，讓屍體被蟲慢慢吃去，也只討個眼不見為淨的饒而已。火葬呢！豈不更殘忍？又是眼不見為淨。你們這些自以為文明的人啊！」所以，你若相信一件事，這件事就是對的。

走進西藏的寺廟中，只覺金碧輝煌，金光燦爛。連盞酥油燈，也在那搖曳的燭光下閃著金光。而達賴用的一個金壺，是純金做的，有一二十兩重。我們這些俗人聽到了，看到了，心裡不免打著驚嘆號：「哦！金子！金子！真金啊！淘金去吧！」銅臭之氣於焉而生。西藏人可不是這般見識。他們視金子為神聖的金屬，因它的光彩，因它的不變性，象徵了喇嘛教的基本精神。

十三世紀時，西藏有一位詩人兼學者薩迦・班智達（Sakya Pandita）說：

　　汪洋永遠不嫌海水多，
　　寶庫永遠不怕珍藏豐，
　　人們永遠不拒財富來，
　　智者永遠不怕學識廣。

而我們這些愛雲遊四方的人呢？永遠不嫌新鮮事物看得多。

# 39. 墨西哥紀遊

早在十年前，我就想去墨西哥一遊，那時孩子還小，敬羢的反應也不熱烈，我只好自言自語，說給自己聽。

這些年中間，也和喻麗清談起結伴去墨西哥玩一趟，我們說時儘管興致勃勃，但兩人膽子都不大，又從沒「勇氣可嘉」的前科可循，這麼一來，又是不了了之。

某天，敬羢下班回來，我正專心燒煮一個不放鹽、不放醬油的麻婆豆腐，忽聽他說：「我們去墨西哥玩一趟吧！」

說話過的第二天，我把國事問題、家事問題一併移諸腦後，借了有關墨西哥人文、地理、歷史的書籍，定下心來「惡補」。對一個國家，大凡不認識它便覺興趣乏乏。一旦開了知識之門庫，好奇心隨之而至，那幾天我腦裡想的全是墨西哥。

最後總算在魚與熊掌不可兼得之心情下，選了三個城市：首都墨西哥市、山城塔斯哥、老城瓦哈卡。

就這樣，我們飛去了墨西哥市。墨西哥市在海拔七千呎的高原上，氣候四季如春，群山環繞，但山明水不秀；太陽光一進來就灰烏烏地變了色，污染情形十分嚴重。

相傳當年印第安某一族人僕僕風塵，想找個永久立身之所，他們來到湖邊，看見湖上小島像隻張開雙翼的老鷹，在他們的宗教信仰裡，老鷹是守護神，他們因此大喜，覺得這是天意，要他

們在這兒定居。

他們造了條路到小島上，在島上大興土木，扛石搬土造起他們供奉的太陽神、月神、蛇神的金字塔和神祇，把附近的土地開墾起來種玉米，養雞羊，又用樹枝搭起棲身用的茅棚，這就成了他們小小的王國，後來人稱之為「提歐提瓦提」。

幾百年後這一族人被兇猛好戰的印第安阿茲特克人征服同化，阿茲特克人最後又被西班牙人征服統治，中間經過無數次戰爭——革命，獨立，篡位等。在這期間，周圍湖水填平了，小小王國逐漸發展成今日的墨西哥市。

我們慕金字塔之名而來，這金字塔看上去和埃及的外表大同小異，用途卻大不相同，一為停屍，一為祭神，但卻好像有一種無形的、神祕的力量操縱著。

太陽神金字塔為二百三十呎，我們順著台階往上爬，走走歇歇，歇歇走走，沒多一會兒就到了頂端祭神台。抬頭看著太陽，可真是近些了。

居高臨下，四方神廟盡收眼底。「泰山之上，一覽群山小」，真箇不虛此行！眼前一條筆直的死亡大道一本正經地向月神金字塔奔去，大道兩旁神廟多已五官不全，只是昔日面目依稀可辨。

當年阿茲特克人看見西班牙艦隊泊在港外，迷信是太陽神派遣蛇神來結束他們這一族人有限的生涯，他們早已相信人有末日，認為死生卻是天意，於是從從容容束手待擒。那一小撮西班牙人輕而易舉就征服了他們，後來更得寸進尺征服了整個墨西哥，把墨西哥當殖民地統治了起來。

　　西班牙人為了要澈底破壞印第安人的團結力量，首先就要瓦解他們的宗教信仰，他們先大事破壞金字塔、神祇、神像，然後在土堆上忙不迭地蓋教堂，強迫印第安人改信天主。在那不講理的時代，多半的金字塔都被破壞得面目全非，這兩座金字塔得以「明哲保身」實在是我們現代人的福氣。

　　那時代的印第安人篤信太陽神，他們把族裡最美好的處男處女抬上金字塔，在祭台上把這些人的心挖出來獻神，這是聖舉，但聽得令人毛骨悚然，背脊發涼。想來祭台四周冤魂必多，只是冤魂無立錐之地，地盤已全給小販占據，他們聽著熱門音樂，談得十分高興，那位喜歡吃人心的太陽神看了此情此景必也只好苦笑苦笑了。

　　我們既然無法發思古之幽情，就開始走下金字塔。走到半途，忽聞後面窸窸窣窣之聲，回頭一看，不妙！已被小販追上，兩人快馬加鞭，三步併作兩步，落荒而去。

　　從阿茲特克人設計的日曆中我們看到太陽神的廬山真面目。阿茲特克人在一顆巨石上細敲細打出一個非常複雜的日曆，正中間，圓臉的太陽神貪婪地伸出舌頭，兩邊兩個爪子各抓一顆人心；四方角落有雨神、水神、風神、光神保護；再外圈是二十種動物，代表二十個生肖，哪一天生就屬哪一天的動物，死時還須這類動物陪葬；最外圈的下方太陽神和夜神正面對面怒目而視，他們為了白晝、夜晚爭執不休。這個日曆有二十噸重。

　　墨西哥人說他們的古物博物館收藏之豐是世界之最；我們看了一圈出來，感覺上像是吃了頓二十道稀奇古怪山珍海味的滿漢全席，雖是走馬看花，卻也捕風捉影裝滿一腦袋，「留予他年說

夢痕了」（借用琦君的話）。

　　大城有大城的樣兒，這裡的人多半是西班牙人與印第安人的混血，大家穿著整齊，步調也快，路上碰到的人十有八九不會講英語。我的西班牙文出口閉口「喀拉氣死」（謝謝）僅此而已，外子比我用功，口說無憑時，打開字典，臨時抱佛腳，還可湊合湊合。

　　有天我趕早一人出門照相，紅燈前旁一位年輕人忽然對我用英文講起話來：

　　「你是日本人？」

　　「不，中國人」。

　　「中國來的？」

　　「不，美國來的。」

　　「美國何州？」

　　「加州。加州本是你們墨西哥的。」我不忘賣弄剛學到的歷史。

　　「可不是嗎！那年美國收回加州時該把我們這塊土地一起收回去的，那我們就都是美國人了，我們這個國家也不用到處欠債，永遠沒法子還的債……」

　　綠燈亮了，他還意猶未盡，但我要走了。

　　這些日子，我想起他這問題來，古時人欠債賣女兒、賣金條，今時人欠債賣房地、賣股票，但國家欠債呢？賣什麼好？

　　從墨西哥市出來，汽車先翻過幾個山頭，然後傍山而行，山路蜿蜒，峰迴路轉。正覺不適，塔斯哥就像救星般出現在眼前。放眼望去，青山之內，紅磚漠漠，一派西班牙風味。

城中公路全用石頭堆砌出，凹凸不平，在上面緩步而行，倒是別饒風趣：路一個勁轉著彎兒，要不就是上上下下，找不到一條規規矩矩的道路，我們也就老老實實領著它的意思走了。

羊腸小道迂迂迴迴，兩旁精巧的庭台樓榭時隱時現，像一幅畫般常使我應接不暇。路走走以為不通了，但別急，前面已柳暗花明又一村，使我看了乍驚還喜。

人在小路上走來走去，汽車來去自如，偶爾和隻驢子碰個正著，牠不讓你，你就讓牠，人、車、驢子同享行路權，大家相安無事，沒聽見車對人窮按喇叭，也沒有看見人怒罵驢子。

城中心就是有名的雙塔聖普利斯吉教堂。當年法國人保達騎馬從山間過，馬腳下一滑，踢出一塊石頭；保達好奇地撿起來，石上銀光閃閃，他心想必是銀子無疑，就請人來開採。果然，有銀礦，從此他成了巨富。他有一兒一女，長大後，一做神父，一做修女，財產無人繼承。他想起當年天主幫他發現銀礦，他現在要來報恩，造個很好的教堂供獻給天主，他這麼做了。教堂的確美，把宗教藝術發揮得淋漓盡致，看得人目瞪口呆，深為他報恩之心感動。

在塔斯哥的一晚我輾轉難眠，蓋「萬家犬吠聲不絕」，此起彼落，原來他們相信將來人死了要靠狗兒帶領才能順利渡過約旦河，好到達未來的世界。雖是象徵性的，但已經造成家家養狗的習慣了。

告別可愛的塔斯哥，我們飛到南邊的印第安城瓦哈卡，又是一番不同情調。瓦哈卡的房子四四方方，屋頂如刀銼，平的。街道像是打了格子一般，從卡嘽尼諾黑內斯定赫不定倍克街走到馬

提耳絲帝大庫巴亞街（我在地圖上找了兩個最長的街名），一個左轉跟著一個右轉，就到了。

城有些灰舊，牆壁甚至打了補綻，街道卻十分乾淨，不見狗兒、驢子。街景雖略顯單調，但人走路就可以昂首闊步，不必擔心萬一腳出不慎，遺臭萬年。路全是單行道，過馬路不用左顧右盼，勞累了脖子。

這裡集印第安人的大成：阿茲特克、薩保特、米斯特、陶特，和瑪雅五族共和，相安無事，其中方言據說有五十二種之多。

我們的導遊邁可是薩保特人，他五短的身材站得筆直：「你們別看我個兒小，我的老祖先可多得是七呎大漢。別問我為什麼，問那些遺傳學家吧！」

「我有五男五女，當年沒有電視，就以生孩子為樂了。」

我們都笑了。

「我的孩子有的已經做了教授！但不是個個都好，有好有壞。」他繼續說。

「你們知道嗎？我做導遊盡四十年，看的可多了。我覺得滿即是空，空即是滿。這話怎麼說呢？看吧，那些一無所有的人一天到晚想方設法，腦筋不停地動，不停地算計才能解決生活上的問題；那些什麼都有的人呢，不用想啦，腦子反倒空空如也。」他帶領我們邊走邊說。

我們走到聖多明格教堂。這教堂外貌平庸，裡面卻十分華麗。邁可驕傲地說：「教宗來時不停地讚美我們的教堂，羅馬都找不到比它更美好的。」我們沒去過羅馬，他既然這麼說，我們就特別用心地欣賞。

他帶我們上山看印第安古蹟學特邦。當年賽保特人選這山頂造城，也因為能離太陽近一些，全盛時期人多至十二萬。我們坐在破瓦殘垣上聽邁可述說它的歷史。

風很大，呼呼聲中我彷彿看見印第安人的衝鋒喊殺之聲，我彷彿看見金光閃閃、頭帶羽毛冠、身披五彩衣的酋長朝我走來，後面跟著一群士兵，他們看了我一眼，我不是他們要尋找的年輕姑娘（祭神），酋長皺皺眉頭捨我而去……

整個城是長方形的，大塊建築用人力硬堆砌而成，一板一眼，嚴肅極了，和周遭的山水拉不上關係似的。城正中間是祭太陽神的寺廟，四周繞著大廣場，靠著城牆的是各種用處的建築物，我們跟著邁可在廣場上走，兩旁石頭建築物下，自然地覺得自己渺小。

當年印第安人一舉一動都與宗教有關，他們把球賽看成一宗聖事，贏隊隊長算是天之驕子，一定要把心奉獻給太陽神，輸隊隊長則貶為奴隸，久無出頭的日子，所以一場球賽成了一場榮辱生死之鬥。

在這裡他們找到一位酋長的墓，裡面陪葬的器物真多，其中的純金飾物，作工特別精緻細巧，匠心獨運。那時他們沒有文字，所以一有機會，就把歷史用圖畫方式表達出來，連小小金鎖片上都細細密密地刻下重要史蹟。除此之外，他們也愛在石壁上畫，愛在大石塊上刻，現代的人把他們的畫、他們的雕刻用盡心思詮釋，是對是非，只有天知道了。

邁可說完他們古老的故事，就把我們帶回到現今世界來。

「我們印第安人不用迷信那些神了，多半的人都信了天主，

但我們仍然相信命運，只是我相信命運掌握在自己手裡。我每天散步，保持笑口常開，每晚一定喝一杯泰其拉酒。」他的黑眼睛閃閃發光。

我們去墨西哥時，同機泰半白髮蒼蒼，回來時一機年輕人，我正不解，外子卻幽默地說：「我看是返老還童了，我們應該再去！」

我終是默默計畫，這次選了「魚」，下次該選熊掌了。

# 第三輯
## 《小說》

# 40. 有情人終未成眷屬

　　熱浪來襲柏克萊，班尼偏偏選了這一天請客。後院樹影婆娑，五十多人擁擠在樹蔭下，太陽光仍調皮地衝出樹葉，追著大家，大家只有把椅子搬來搬去，和太陽躲貓貓。

　　班尼雖熱得一臉紅，汗水直流，仍笑容可掬地大聲嚷嚷：「沒有出息的傢伙，一點陽光算什麼，怕曬成肉乾呀！你們看看曉芳，大老遠從台灣來，她就正坐在太陽下。」

　　「你那些椅子太重，我搬不動，只好曬太陽了。」戴著大草帽的曉芳嬌嗔地說，熱得無奈。

　　每年班尼都會開個室外野宴，親朋好友、鄰居同事全請到他的大院子吃烤肉，吃沙拉，吃甜點。曉芳如正好這時來，她就熱心幫忙招呼賓客，儼然女主人的身分。這次她實在搬不動，班尼家院子那些斜坡、樓梯，走兩次就累得兩腿不聽使喚，樹蔭下又都坐滿了人，只好挨太陽曬。時不我予，曉芳馬上就到九十了，能不服老嗎？她這次迢迢千里地飛來，靠的是心中那股力量，那股想見他的衝動。離上次見面已有兩年了，見一次少一次，曉芳心想。只是班尼，八十二歲的老教授，卻朝氣十足，花蝴蝶般跑上跑下，跑進跑出，講話笑得客人人仰馬翻，個個樂不可支。

　　時間都溜到哪兒去了？！那年，二十多歲長髮飄逸、苗條秀氣的曉芳第一次在紐約哥倫比亞大學建築系當助教。她認真地在

學生中走來走去，查看指點他們做的模型。有位學生特別專心，常常徵求她的看法和意見。慢慢地，她不知不覺會站在那學生旁邊，主動提出建議。學生那門課得了Ａ，他，就是班尼。

　　曉芳從小到大都是高材生，講話有條不紊，舉止高雅，見解獨到，穿著時尚。而他，家中老么，兄姐大他十多歲，從小到大對他又寵又愛、又管又教，他免不了有依賴性。離家後，心中念兄念姐，想找個心靈靠山，當他看見優雅自信的中國女助教，亦師亦姐，就被她吸引了。

　　他打網球，她從未打過，他說他可以教她，她欣然答應。於是，在中央公園的球場，一位認真教，一位認真學。穿著球衣的班尼，帥氣十足，一身網球短裝的曉芳，球打得滿天飛，但舉手投足，姿勢美妙。「孺子可教。」班尼說。一星期一次，一星期兩次、三次……，愛神悄悄地來了，站在場中間左看右看，這兩人，球來球去，一邊金童一邊玉女，他一感動，箭就射了出去。從此兩情相悅，很快就到了非君莫嫁、非妾莫娶的地步。

　　她帶他回台見父母，留學英國的老父本以為來者只是女兒的學弟，一聽是想做金龜婿，馬上大怒：「絕、對、不、可。」「無、商量、餘地。」女兒一聽，知除非斷絕父女關係，這關過不了。曉芳知道自己遇到大難題，一邊是摯愛的老父，一邊是熱愛的男友，魚與熊掌，取，捨，難啊！想了好久，她，選擇了孝順，男友黯然神傷。她只有退一步說：「咱們不結婚，但願做好友，永遠的。」現在兩人在紐約，仍可常見面，將來如不在同一地方，也要爭取一年見一次面。

　　既然不能結婚，從此，男可婚女可嫁。他後來到柏克萊加

大教書，並同一白人學生結了婚，她則去台灣建築事務所做事，終身未嫁。他婚前已同太太約法三章，這中國女友是不避嫌的，每年她來訪，太太不用嫉妒，不可干涉，因是純友誼。太太不置可否，對曉芳有時迴避有時參與。曉芳來時和他總有說不完的話，談建築談設計，談網球，談食物，談政治，談最近看的好書……，兩人談笑風生，珍惜在一起短短的時光。分開時乾脆俐落，揮揮手，保重保重，在一起呈現的永遠是人性最純潔、最真誠、最真心、最無私的一面。就這樣，無怨無悔，六十多年過去了。

如二人終成眷屬，朝朝暮暮，情仍能長純、長存嗎？

# 41. 貝多芬的石膏像（上）

　　四月，瑞士的露珈珞城剛剛脫下冬大衣，空氣像洗過一般，清新爽涼。路德成默默地站在他父親的墓前。看著石埤上簡單明瞭刻著父親的大名和出生與過世的年月日，千頭萬緒都暫時凝住了，剩下的是一顆充滿感激的心。

　　「爸爸，謝謝你幫我的大忙。」路德成心裡默默地說。三十六年沒叫過爸爸了，這時刻，他心中那份濃郁的親情暫時縮短了時空造成他們父子之間身心的距離。

　　「我的前半生有很多很多痛苦的經驗……」他頓了頓，儘量不讓痛苦的感覺湧上心頭，「相信後半生的日子會好過得多，希望你在天上的日子平安快樂，希望你在天上仍然能夠指揮，」說到這兒，他為自己的傻要求笑了，「我們全家會永遠記住你。」

　　「你在想什麼？」旁邊的妹妹瑪麗雅推了他一下。

　　「唔！」他從沉思中清醒了過來，「我！嗯！我想我們忘了帶一束花來了。」

　　「哈！那麼巧，我也正這麼想。」她咯咯地笑了起來。

　　他們環顧四周，復活節剛過，到處都是花，把一個冷清的墓地點綴得五色繽紛，今人古人、天上人間都被這些鮮花連在一起了。

　　離開墓地，路德成坐上他妹妹的小轎車。在開到火車站的路

上，他們興致勃勃地論，如何在他們父親墓旁種棵花樹的事。這位第一次見面的同父異母妹妹和他一見如故，完全沒有隔閡，好像父親在天之靈不著聲色地指揮著他們的團聚似的。路德成心中充滿了溫暖，妹妹也是一臉的陽光。

「你一點不像中國人。」她側過頭看了他一眼說，「聽說你母親年輕時像個中國娃娃般漂亮、雅致，我聽姑母說的。」

那是。

「很多人都說她漂亮，她現在八十三歲了，還是相當的——，怎說呢？優雅吧！」他把手一攤，「她總是把自己打扮得妥妥貼貼，即使當年穿著灰色布的毛裝，她的毛裝也剪裁得十分合身，看上去和一般人的不同，她的確很美……」他笑了起來，「這不像一個中國人講的話，中國人會謙虛地說，哪裡哪裡，她都老了，別提了……」

「那是因為你有一半德國人的血統，日耳曼民族真話實說，該讚美就讚美，該罵就罵，絕不虛偽。」她爽朗地說。

「嗯！」路德成卻常忘記他這一半德國血統，怎怪他呢！六歲就到了中國，吃中國飯，念中國書，講一口京片子，耳濡目染全是中國。中國，中國……唉！中國，那遙遠的地方！我還會再回去嗎？會嗎？會嗎？他的心痛了起來。「若不是因為你來歐洲領取美國的永久居留權，我還沒機會看到你呢！真是太高興了。我一直問自己，這不是夢吧！」瑪麗雅笑瞇瞇地說。

「幾個月前，我終於拿到德國護照。現在又拿到美國綠卡，我固然高興，我媽比我更高興。好多年來，她總是抹不去她對我們一份歉疚之心，她看我們不被中國人接受，心中一直非常痛

苦。」

「為什麼中國人不接受你們呢？」瑪麗雅大惑不解！

「因為我這張混血的臉呀！許多中國人喜歡以貌取人，如果是張中國的臉，圓也好，長也好，方也好，他們知道怎樣去相處。如果是張洋鬼子的臉呢！講洋話的，他們聽不懂就保持距離，甚至崇拜尊敬都行。至於我呢！長了一張洋鬼子的臉卻講一口道地的京片子，他們就怎看怎不順眼了！從小，我總是被欺負的對象，孩子倒可以說他們不懂事，但我大了到工廠做工，工人也不放過我，背後批評、造謠，指指點點，莫名其妙的事好多，說不清，說不清！我從來不為自己辯護，你們愛怎說就怎說，我變得很安靜，難得開口，內心一股悶氣沒處發洩，愈來愈悶，只好憋在心裡，如果不是為了兩個孩子，我都不想活下去了！」他愈說愈氣憤。

「這點中國人和歐洲人真是大不相同了。歐洲人每一個人都是混血兒，混了又混：我爸是德籍瑞士人，我媽是羅馬尼亞人，我的男朋友是伊朗人，我們的女兒就混了那麼多國的血液，沒人在乎。」瑪麗亞身材高大，棕髮藍眼，說不上是歐洲哪一國人。

「你說女兒的爸是你的男朋友？你們沒結婚嗎？」路德成好奇地問。

「沒，他要回伊朗，我受不了伊朗那位獨裁總理柯梅尼，」她聳聳肩，「所以，分了，反正我自己賺錢夠養活女兒就行了，我還愛他。」她笑了笑，「不過，我現在又有個男友，已去了美國，明年我要去美國和他會面，那時我會來找你。」

說到這裡，小轎車已駛進火車站。她把車停好，兩人提了

行李走進車站，在月台上找了地方坐下來。還有一小時火車才進站，兩人仍有說不完的話。

「你媽當年為什麼要帶你們三人回中國呢？她在瑞士不是很好嗎？聽說奶奶很喜歡她。」瑪麗雅繼續問。

「我媽外表嬌美，其實內心非常堅強，只要她想要做的事她都會做到，不管多大的代價，她……」他想了想那個字眼「好勝，對，非常好勝。當年在瑞士，一家人只准一個人工作，爸爸是指揮，他有工作，媽媽就不能做事，只好待在家裡和奶奶照顧我們三個。她從小學音樂，北京中央音樂學院畢業後，又在比利時皇家音樂學院拿到作曲學位，這麼把全部時間擺在家裡照顧孩子，她覺得浪費了她的才華，她要把她學到的傳給別人，尤其是中國人。她深愛中國，不願在瑞士生根，她希望回國教書，然後爸爸可以安排半年在歐洲，半年在中國指揮。你看！這決定需要多大的勇氣。走時我才六歲，奶奶哭得好傷心，那是我最後一次看到她。」他陷在回憶的深淵裡，「也是最後一次看到爸爸，因為中共不接受爸爸去中國當指揮，那時中共非常排外。」

「幸虧你媽做了這個堅強的決定，否則這世界就不會有我瑪麗雅的存在了。哈哈！」瑪麗雅好樂地說，「哈！一定是上蒼的安排，人的來去常常掌握在別人的一念之間。」路德成本來滯重的臉色也因她的笑而開朗了。

「呀！可不是嗎？撿來了一個妹妹，奇妙之至！」

「豈只一個呢，我還有三個姐姐一個哥哥，都想見你這位哥哥呢！」

「將來有機會一定要看看他們，希望他們和你一樣友善。」

路德成心中又是一股暖流。

「聽姑母說，我爸失去你媽後，十分沮喪，後來他再要娶妻，就事先聲明一定要找個全心全意的家庭主婦，沒有野心，安份守己。所以，他找到我媽，我媽為他連生了五個孩子。但我剛生下不久爸就過世了。我媽過幾年也走了，那時大姐才十五歲，我們就成了孤兒，是大姐把我們四人帶大的。」瑪麗雅好像在說別人的故事，娓娓道來。

「真不容易，看你那麼有自信、開朗、成熟……居然是個十五歲的姐姐帶大的，有些父母都不見得比你姐姐會教導孩子，真不容易！」路德成由衷讚美。「呀！是不容易，父母早喪，所以我們一個一個都變得很獨立，很能幹。」瑪麗雅自信地說，「只是我對爸爸印象模糊，我不記得他了。」

「我對他也印象模糊，只記得他忽然出現了，過幾天又不見了，來來去去，很神祕的，一直到現在，才知道他曾經是德國一位很有名的指揮家，因為不滿希特勒的統治而逃到瑞士。據說，他當年是指揮貝多芬作品的專家。」

「怪不得他給你取個貝多芬的名字——路德成‧貝多芬。」瑪麗雅恍然大悟，她盯著她哥哥的臉說：「哈！你的頭髮應該留長一點，」她指著他的頭髮說，「才更像貝多芬。」

「頭髮長一點也沒用，有貝多芬萬分之一的才華就好了。」路德成笑說。有點遺憾自己沒機會好好學音樂，因為他十分喜愛音樂。

# 42. 貝多芬的石膏像（下）

「你生不逢時，否則父母都是音樂家，你若有一個安定的環境，說不定會走上學音樂的路。」

「也怪自己，小時有股反抗性，媽要我學琴，我就不學。黑管倒吹了一陣子，但因中國運動特多，一個跟著一個，生活不安定，誰還有心學音樂？後來我搞電，現在倒用上了，所以沒學音樂，也罷！音樂這玩意兒，若水準不夠高，就難出頭，何況我有一家人要養活！」

「你說運動？我不懂，什麼運動？」瑪麗雅問。

「唉！說來話長，」路德成看看錶，「不說也罷！你未必懂，中國有些事，別的國家沒法子懂的，沒法說。」路德成搖搖頭，搖不掉那些不愉快的記憶。

「我高中畢業時，瑞士的父親連續來了好幾封信要我到瑞士念大學。是我，一次又一次地拒絕他。那時，我很愛中國，儘管許多中國人看不起我這個混血，我仍堅持要做一個中國人，我才不要去歐洲呢！歐洲有什麼了不起，咱們中國才是第一大強國。十七、十八歲的孩子多麼天真！只是我考大學淨考不上，一直到三年後他們才明白地告訴我：『放棄吧！你是黑五類，不會讓你上大學的。』我才知道自己是多麼地無救無助！但我也不願再要求爸爸了。我非常非常沮喪，後來進了工廠做工人。」

「黑五類？」瑪麗雅不解地問，「是什麼呀？」

「將來再解釋，」路德成感覺得時間愈來愈少，他還沒說完他的故事呢！這麼短的相聚時間，分秒必爭。

「後來二十年我活得十分無可奈何，結了婚，生了兩個孩子，兩個人的薪水不夠養活一家人。幸虧媽媽當教授的薪水高，幫了我們不少忙。兩個孩子都有混血的臉，我看著他們，心就痛苦，孩子多無辜呢！我對『自己』已經放棄希望，就這麼苦哈哈地活下去吧！活到哪兒算哪兒，他們難道也要和我一般苟活嗎？他們為什麼要為那張臉付同樣的代價呢？！」他十分沉重地說：「幸虧七年前有一個機會，表姐夫把我接到美國，到了美國才覺得前途還有希望，還有希望……」他頓了一下，「你們大概沒有經歷過絕望和希望這種強烈對比的感覺吧！」

「比起你的經歷來，我們的小挫折實在不算什麼！」瑪麗雅同情地說，「你怎麼拿到你的德國護照的？」

「託爸爸在天之福，德國政府在他百歲那年恢復了他的德國國籍，並為他舉行了一個紀念音樂會，又把媽媽從北京請到西柏林去參加。媽媽藉這機會，為我們也申請了恢復德國國籍，用這個德國護照，我才申請到美國的永久居留權，現在終於可以把家人接出來了，『八年抗戰！』八年……唉！」

「八年抗戰？」瑪麗雅又不懂了。

「下次解釋，」路德成拍拍她肩，「總之，到今年九月，我們就分開八年了。」

擴音器宣布，到義大利的火車馬上就要進站，請旅客準備好。他們倆站起來……

「再告訴你一個祕密，」路德成神祕兮兮地說，整個臉都都沐浴在陽光中，「太太來了後，我要帶她去蜜月旅行。」

「蜜月旅行？」瑪麗雅看他這位四十出頭、兒女都已成長的哥哥，十分驚訝地問。

「呀！蜜月旅行，沒錯？」他有點靦覥地說，「我們結婚時正逢『文革』，親戚朋友送了我們大大小小二十幾個毛澤東的石膏像（唯一敢送的東西），這二十幾個石膏像供奉在我們唯一的櫃子上，每天都要小心翼翼地擦得光光亮亮，如有灰塵被鄰居看見告到黨委書記那兒，就會被戴上不尊敬『毛主席』的帽子，那，就完了。」路德成用手在脖子上劃了一下，「不是被關，就是下鄉改造。」

「太可怕了，怎會有這種事？」瑪麗雅直搖說，一臉的不解。

「可怕的是，有一天我們不小心打破了一個，」

「那你怎辦？」瑪麗雅急著問。

「真不好辦，太太嚇得臉無人色，我的心都快跳出來了，啊！真不是人過的日子。我馬上把門反鎖，甚至不讓孩子知道，怕他們洩漏出去，我們倆把碎片包在報紙裡，用磨子輕輕地、輕輕地把碎片磨成粉狀，然後丟到糞坑裡。那種心態大約是和猶太人怕蓋世太保來抓的心情相同，沒有人的尊嚴，沒有辨別是非的權利，全中國十億人口就為一個人苟活著。我的太太嫁給我後沒有過過一天好日子，她是紅五類，大可不必嫁給我這個黑五類的。」

「紅五類？」瑪麗雅又不懂了，「有沒綠五類、白五類？」

車已進站，路德成和瑪麗雅這一對兄妹緊緊擁抱，下一次見面起碼是一年後的事，雖然不是永別，兩人卻非常珍惜這一次的

相聚。

「我走了，你好好保重！」路德成對瑪麗雅說。

「希望你一切順利，問嫂嫂和孩子好，還有你媽，我要到北京去看她老人家。」瑪麗雅淚汪汪地說。

路德成在車廂裡找到自己的座位，把行李放好後坐下，正好是窗口，瑪麗雅在窗外向他招手，他把窗子打了開來。

「路德成，我要送你一樣結婚禮物。」瑪麗雅擦乾眼淚高興地說。

「呀！好，不會是毛澤東的石膏像吧？」

「猜是什麼？」瑪麗雅調皮地問。

「唔，猜不到。」這時火車已開始動了。

「貝多芬的石膏像，本想不告訴你，但又忍不住。」瑪麗雅大聲說。

「哈！你很會想，會不會破？」

「破了再買一個給你。一路順風，一路順風……」車愈行愈遠，瑪麗雅的影子愈來愈小，遠遠的她仍在招手。

他把窗子關了，靠回位子，把自己安頓了下來，才注意對面一位白髮蒼蒼的老太太，正笑瞇瞇地看著他！他就朝她友善地說了聲「Hi」！

「我正要恭喜你呢！聽那位女士說你快要結婚了，希望你和你的新娘子永永遠遠快樂地在一起。」

路德成聽了一愣，正想解釋這個大誤會，但馬上就改變了主意。

「謝謝你。」他笑著回答。

國家圖書館出版品預行編目

磊磊小品 / 陳永秀著. -- 臺北市：致出版，
　2019.05
　　面；　公分
　　ISBN 978-986-97549-6-5(平裝)


848.6　　　　　　　　　108006869

# 磊磊小品

作　　者／陳永秀
封面設計／陳永秀、王以立
出版策劃／致出版
製作銷售／秀威資訊科技股份有限公司
　　　　　114 台北市內湖區瑞光路76巷69號2樓
　　　　　電話：+886-2-2796-3638
　　　　　傳真：+886-2-2796-1377
網路訂購／秀威書店：https://store.showwe.tw
　　　　　博客來網路書店：http://www.books.com.tw
　　　　　三民網路書店：http://www.m.sanmin.com.tw
　　　　　金石堂網路書店：http://www.kingstone.com.tw
　　　　　讀冊生活：http://www.taaze.tw

出版日期／2019年5月　　定價／320元

致　出　版　　　　　　　　向出版者致敬